Jacques Berndorf (Hg.)
Tatort Eifel

1. Auflage September 2007
2. Auflage Oktober 2007

www.kbv-verlag.de
E-Mail: info@kbv-verlag.de
Telefon: 0 65 93 - 99 86 68
Fax: 0 65 93 - 99 87 01
Umschlagfotografie: Theo Broere
Satz: Volker Maria Neumann, Köln
Druck: Grenz-Echo AG, Eupen
www.grenzecho.be
Printed in Belgium
ISBN 3-940077-16-5

Jacques Berndorf (Hg.)

Tatort Eifel

KBV
KRIMI

Inhalt

Vorwort

Geehrte Damen und Herren!

Die in der Eifel so beliebte Branche der Killer hat wieder zugeschlagen und bietet Ihnen erneut langlebige Kurzweil mit allen möglichen Tätern und ihren (zuweilen blutigen) Opfern. Pünktlich und zielgenau zum TATORT EIFEL im September 2007 laufen Bankräuber, Racheengel, Auftragskiller und Zufallstäter wieder einmal zur vollen Form auf.

Seien Sie uns herzlich willkommen.

Es sind sehr schräge Geschichten und sehr ausgefallene. Und einige sind gar bitter ernst und abgründig. Wie auch immer: Nehmen Sie das Buch, zünden Sie eine Kerze an und gießen Sie sich einen Rotspon ein. Genießen Sie die völlige Stille in Ihrem Zuhause, und – ehe Sie schreien – machen Sie Türen und Fenster zu.

Mit freundlichen Grüßen aus der ansonsten ungemein friedlichen Eifel,

Ihr
Jacques Berndorf

Nur noch einen

von Carsten Sebastian Henn

Nur noch einen!

Wilhelm Kremer packte den Schaltknüppel seines alten VW Käfers mit fester Hand und schaltete entschlossen einen Gang höher. Eine letzte Tat noch, dann gab es keinen dieser Tintenkleckser mehr. Dann würde die Eifel endlich befreit sein von diesem Geschwür. Keine Fragen mehr nach irren Serienkillern, nach der so wortkargen Bevölkerung, nach dem realen Hintergrund fiktiver Müll-, Kirchen- oder Kunstskandale. Endlich wäre die Eifel kein Hort des Verbrechens, keine Landschaft des steten Grauens mehr. Endlich wäre die Eifel wieder Eifel. Land der Vulkane, Heimat der Maare und vor allem: Sie wäre ausgestattet mit einem einmaligen Museum für Fossilien aus dem rheinischen Mitteldevon (inklusive großer Trilobiten-Abteilung). Wilhelm Kremer wertete die über den Eifelhöhen strahlende Sonne als göttliche Zustimmung zu seiner heutigen Todesfahrt. Er setzte den Blinker aus dem Kreisverkehr Richtung Wiesbaum so heftig, als könnte er damit eine Kugel lösen, die das nächste Opfer schon vor seinem Eintreffen ins Jenseits befördern würde.

Sein nächstes Opfer. Der Ursprung allen Übels. Dieser Schriftsteller war es gewesen, der den Eifelkrimi überhaupt erst erfunden hatte, der die Lawine der raubenden, mordenden, und vergewaltigenden Epigonen ausgelöst hatte. Mit ihm hatte es angefangen, mit ihm würde es enden.

Verachtet hatte er sie immer schon, doch erst gestern hatte das Ärgernis der Eifelkrimis ein Ausmaß angenommen, welches eine Lösung gefordert hatte.

Wilhelm Kremer hatte Jahre auf sein Fossilien-Museum hingearbeitet. Hatte gesammelt, hatte mit Engelszungen auf Politiker eingeredet, hatte auf Schützenfesten und Pfarrbasaren Geld eingetrieben. Denn es war schon lange bekannt gewesen, dass das Heimweberei-Museum in Schalkenmehren geschlossen werden sollte. Das in der Alten Schule untergebrachte und nur in sieben Monaten jeweils am Wochenende geöffnete Museum, rentierte sich einfach nicht. Das würde sich mit seiner exemplarischen Fossilien-Sammlung ändern! Zurzeit stand der Großteil seines Lebenswerks in den Glasvitrinen der Katholischen Grundschule St. Helena, wo er stellvertretender Direktor gewesen war. Aber das war kein ständiger Ort für eine Sammlung dieses Ranges. Selbst die klügsten Viertklässler wussten all die Körperfossilien, Steinkerne und Bioturbationen nicht wirklich zu würdigen.

Doch mit dem neuen Museum würden Paläontologen aus der ganzen Bundesrepublik, ach was, aus ganz Europa hierher in die Eifel nach Schalkenmehren pilgern.

Wenn er den letzten der Eifelkrimi-Autoren ausgelöscht hatte.

Und damit auch die törichte Idee eines Eifelkrimi-Museums im Heimweberei-Museum. Keine Eifelkrimi-Autoren, kein Eifelkrimi-Museum. Der Dauner Stadtrat würde seinen gestern gefassten Beschluss revidieren müssen. Die Eifel würde aufatmen.

Jetzt links halten, dachte Wilhelm Kremer und rückte seinen Pepitahut ordentlich zurecht.

Nur noch wenige Minuten. Er würde vorgehen wie bei allen zuvor. Noch einmal würde er in die Rolle des Alträuchers schlüpfen, der an der Tür nach Gebrauchtem fragte, das er ankaufen konnte. Natürlich ging heute niemand mehr diesem Gewerbe von Tür zu Tür nach. Aber dass es so etwas einmal gegeben hatte, das wussten die Herren und Damen Autoren. Und ließen ihn in den Keller oder auf den Speicher. Wo er dann zuschlug. Denn Wilhelm Kremer mordete nicht mit Schusswaffe, Klinge oder Strick, er erschlug die Täter mit ihrer eigenen Schande. Ihren Büchern.

Das war bei den Autoren mit Taschenbüchern selbstverständlich schwierig.

Da musste er ein Stahlrohr zwischen die Seiten legen. Das hatte er noch in seinem Schuppen gehabt. Es war übrig geblieben vom Bau der Teppichstange im Garten. Wie gut, dass er nie etwas wegwarf. Und es war sogar noch besser, dass er Paläontologe und seine Opfer nur Krimiautoren waren. Allein deshalb waren die Taten solch ein Kinderspiel. Diese Krimiautoren waren ja so untrainiert! Das kam vom ewigen Sitzen. Ein Paläontologe, selbst in seinem Alter, war fit, strotzte vor Leben. Schließlich war er ständig an der Luft, dachte Wilhelm Kremer, legte Fossilien frei, arbeitete körperlich, so wie es sich gehörte. Nach dieser letzten Tat würde seine ganze Energie allerdings dem Museum gehören (inklusive der großen Trilobiten-Abteilung).

Jetzt musste er weiter auf die Hillesheimer Straße, also einfach geradeaus. Ein Hochgefühl stieg – so nah am Ziel – in Wilhelm Kremer empor, als habe er eine ganze Flasche *Henkell trocken* geleert. Endlich würden all diese enervierenden Fragen und Anspielungen aufhören. Selbst im vorigen Frühjahr auf dem Deutschen Paläontologen-Kongress (in Bad Ems) war es dazu gekommen. Der Vorsitzende hatte ihn doch glatt als Kollegen aus der blutigsten Region Deutschlands angekündigt – vor versammelter Mannschaft! Auch am Abend, gesellig an der Bar, hatten die Kollegen mehr nach witzigen Morden gefragt statt nach seinen neuesten Funden. Schluss damit! Ein für allemal.

Zu was war diese Welt nur geworden, wenn Leichen die Menschen mehr interessieren als Fossilien? Und nicht nur Menschen, auch Politiker! Wussten die vielleicht, wo er welche Funde atemberaubender Leitfossilien gemacht hatte? Nein, aber sie wussten mit Sicherheit, wer in welchem Buch im Moor versunken oder in Monschau ersoffen war. Es gab kaum noch einen Flecken seiner Heimat, der nicht von Blut besudelt war!

Doch ab morgen würde niemand mehr Eifel-Krimis schreiben, es würde kein Eifelkrimi-Museum geben und die dummen Sprüchemacher würden ebenfalls verstummen. Die Eifel würde endlich befreit sein von diesem Eifelkrimi-Autorengesocks und ihrer Schundliteratur.

Das Örtchen Berndorf tauchte vor ihm auf, letzte Station des fossilen Kreuzzuges.

Wilhelm Kremer bog mit einem Lächeln in die Straße, die zum Haus desjenigen führte, der die Büchse der Pandora geöffnet hatte. Der Paläontologe wunderte sich nicht darüber, dass hier kein anderer Wagen fuhr. Dies war schließlich die Eifel, und Berndorf ein Nest.

Er wunderte sich allerdings sehr, als er neben dem Haus des Schriftstellers parkte und vier vermummte Polizisten ihn mit Maschinengewehren aus seinem VW Käfer komplimentierten. Und er wunderte sich noch mehr, als sie mit einem Griff seine Eisenstange fanden, an der Blutspritzer von etlichen Autorenköpfen hafteten.

Er hatte nicht darüber nachgedacht, dass es für die Polizei ein Leichtes sein würde, sein letztes Opfer auszumachen. Den einzig verbliebenen Eifelkrimi-Autoren.

Sie hatten nur auf ihn warten müssen.

Wilhelm Kremer saß innerhalb kürzester Zeit mit Handschellen im vergitterten Teil des Einsatzwagens. Doch sein

Lächeln kam schnell wieder. Die Gewissheit, das Geschwür Eifelkrimi-Literatur maßgeblich eingedämmt und ein unsinniges Museum verhindert zu haben, erfüllte ihn so mit Stolz wie einst der Fund fossilisierter Exoskelette zweier Insektenlarven.

»Mannomann«, hörte er den Polizisten auf dem Fahrersitz sagen. »Ich sag dir was, Franz. Über die Sache hier schreib ich ein Buch. Einen handfesten Krimi.«

»Da musst du aber schnell sein«, sagte Franz. »Ich glaub, unser Einsatzleiter sitzt schon dran.«

»Tja, aber ich bin bei allem schneller als er.« Der Fahrer lachte anzüglich. »Meins ist fertig zur Eröffnung des Eifelkrimi-Museums. Denn das Ding, darauf verwette ich meinen Arsch, wird nach der Geschichte hier erfolgreicher als Disneyland.«

Wilhelm Kremer schrie.

Und klang dabei genau wie ein Archaeopteryx. Aus dem oberen Jura.

Ritterspiel

von Carola Clasen

Die letzte Ferienwohnung, die frei war.« Peter wedelte mit der Buchungsbestätigung. »Ohne Garantie. Hoffentlich taugt sie was.«

Anja fiel ihm um den Hals.

»In Reifferscheid. Weißt du überhaupt, wo das ist?«

»Nein! Aber das ist mir auch egal.« Anja wäre überall hingefahren, Hauptsache, sie kam mal Zuhause raus. Peter hatte vor fünf Jahren seine Selbstständigkeit als Steuerberater begonnen, seitdem waren sie nicht mehr gemeinsam in Urlaub gewesen. Kein Wochenende ohne Arbeit.

»Und wann?«

»Morgen.«

»Schon? Das ging aber schnell. Ich müsste noch waschen und einkaufen und ...«

»Wir lassen einfach alles stehen und liegen, wie früher, ja?«

»Na ja«, Anja war irritiert. Es war nicht mehr wie früher. Nichts. Sie waren beide komplizierter geworden. Entscheidungen dauerten viel länger als früher. Sie hatten die Kinderfrage immer noch nicht geklärt. An Anja lag das nur insofern, als ihre biologische Uhr tickte. Peter konnte sich nicht durchringen. Für ihn schienen Kinder ein einziges Rechenexempel. Ein Steuerposten.

Ob er vielleicht jetzt etwas plante? Anja musterte ihn. Er sah besorgt aus und angespannt.

»Ein paar schöne, romantische Tage. Von Montag bis Donnerstag.«

Ach, wenn es doch nur so wäre. Sie hatten es beide verdient.

Die Ferienwohnung lag leider nicht im historischen Ortskern, der sich innerhalb des Burgberings um die große Anlage mit dem runden, weißen Burgfried in schmalen Häuschen und Gässchen drängte, sondern unten im Tal.

Der Vermieter erwartete sie zur verabredeten Zeit. Er stand im Hauseingang und war noch jung, Ende zwanzig, schätzte Anja. Seine lockigen, blonden, schulterlangen Haare fielen ihr auf. Er war groß, größer als Peter, und breitschultrig und füllte den Türrahmen aus. Auf seine Kleidung schien er keinen Wert zu legen. Sie hing unordentlich an ihm herunter, bestand aus einer weiten Jeans und einem verwaschenen T-Shirt.

»Ich bin der Johann«, begrüßte er sie in einem tiefen Bass, bat sie herein und zeigte ihnen mit großen, einladenden Gesten die Zimmer. Unten Küche und Wohnzimmer, über eine steile Holztreppe waren eines der Schlafzimmer und das Bad zu erreichen, über eine weitere, die unter die Dachschräge führte, eine Art Gäste- oder Arbeitszimmer. Holzböden, Rauputz und antike Möbel machten die Wohnung zu einem Kleinod.

Anja war entzückt. »Ein ganzes Haus für uns allein.«

Dass der Ausblick von allen Fenstern aus bereits vor dem nächsten Haus endete, störte sie nicht. Sie hatten vor, viel unterwegs zu sein, zu Fuß oder mit dem Auto die Gegend zu erkunden. Oder im Bett beieinander zu liegen.

»Ich wohne oben im Dorf«, sagte Johann und überreichte Anja einen Schlüssel. »Falls was ist.«

»Auf der Burg?«, fragte Anja.

Er zögerte einen Augenblick, ehe er sagte. »Die Burg ist nicht bewohnt.«

»Wie denn auch?«, meinte Peter. »Ist ja eine Ruine.«

Johann zog ungehalten eine Augenbraue in die Höhe, tat aber, als hätte er die Bemerkung nicht gehört. »Ich wohne in der Freiheit.«

»Sie haben es gut«, lachte Peter.

Johann verbesserte ihn. »So heißt die Straße. Wenn Sie durch das Matthiastor kommen, direkt das übernächste Haus rechts. Eine schöne Zeit wünsche ich Ihnen.«

Als Peter das Auto auslud, stellte Anja fest, dass er sein Laptop mitgenommen hatte, eine extra Maus und eine extra Tastatur. Diese Ausrüstung sagte eine Menge darüber aus, wie er sich den Ablauf der freien Tage vorstellte. Wie blauäugig von ihr, zu glauben, er denke nur an Kinder. Sie würde ihre liebe Not haben, ihn vor die Tür zu bekommen oder zu einem Gespräch zu überreden.

Als sie am ersten Morgen wach wurde, war das Bett neben ihr leer. Eine Weile lag sie sinnend da und beobachtete durch das kleine Sprossenfenster den Zug der Wolken. Es war ein schöner Abend gewesen. Nach einer Runde durchs menschenleere Burgdorf wären sie gern ins *Café Eulenspiegel* eingekehrt, das sich vor dem Eingang zur Burganlage befand, das aber leider nur am Wochenende geöffnet hatte. Das Haus, in dem Johann wohnte, schien leer zu stehen. Oder hatten sie sich geirrt? Keine Gardinen, kein Licht. Ohne Abendessen waren sie einfach ins Bett gegangen ... so wie früher. Das fing gut an. Jetzt knurrte ihr Magen.

»Wetten, dass er arbeitet«, sagte sie sich, rappelte sich hoch und lief auf nackten Füßen in den Flur. Bis auf ein leichtes unregelmäßiges Klicken war im Haus nichts zu hören. Sie lief die Stufen hinauf. Da saß er, in Schlafshorts vor dem Laptop, die Haare zu Berge, eine Hand auf der Maus, die andere auf der Tastatur, unter der Dachschräge und bemerkte sie nicht einmal.

»Holst du Brötchen?«

Erschreckt fuhr er hoch. »Ja, natürlich. Zu Befehl!« Zwei Schachzüge und das Laptop war ausgeschaltet. »Ich zieh mir schnell was an. Im Prospekt stand, der nächste Bäcker ist in Blumenthal. Das sind nur drei Kilometer.«

Anja sah ihn ins Auto steigen und davonfahren. Sie setzte Kaffee auf und deckte den Tisch. Sie hatten sich das Nötigste fürs Frühstück von Zuhause mitgebracht. Dann ging sie auf und ab, schaltete das Radio ein und warf einen Blick auf den Inhalt der Schränke. Es war alles da. Gläser, Töpfe, Pfannen, Besteck. Alles blitzsauber, alles in ausreichender Anzahl. Sie öffnete die Fenster, lehnte sich hinaus, sah nichts, schloss sie wieder. Peter brauchte lange, fand sie.

Sie setzte sie sich in einen der Sessel und studierte die Prospekte, die ihr aufmerksamer Vermieter bereit gelegt hatte. Als sie den Schlüssel in der Haustür hörte, rief sie: »Endlich! Ich hab einen Hunger.«

Sie bekam keine Antwort, hörte nur schwere Schritte, nicht das Knistern der Brötchentüte, und sah auf. Im gleichen Augenblick erschien Johann in voller Größe in der Wohnzimmertür. Anja bedeckte mit dem Prospekt ihre nackten Beine und schluckte.

»Guten Morgen!«, rief er, aufgeräumt und als wäre es völlig selbstverständlich, da zu stehen. »Gut geschlafen?«

Anja nickte. »Mein Mann ist beim Bäcker«, sagte sie.

»Ich weiß.«

»Er muss jeden Moment kommen.« Sie spürte, dass ihre Stimme zitterte.

»Soll ich Ihnen die Burg zeigen?«

»Jetzt?«, fragte Anja entsetzt.

Er lächelte, eine Spur verächtlich. »Sagen wir mittags, um zwölf Uhr?«

»Wir kommen gerne.«

»Ich erwarte Sie am Café.«

Peter fand es ausgesprochen nett, dass sich ihr Vermieter um sie bemühte. »Wenn er von hier ist, weiß er mehr als jeder Prospekt. Du wirst sehen.«

»Das mag sein. Ich meine ja auch nur sein Auftauchen. Weißt du, wie sehr ich mich erschreckt habe?«

»Das Haus hat keine Klingel.«

»Er hätte klopfen können.«

»Vielleicht hat er das getan. Das Radio lief. Du hast es nicht gehört.«

»Und wie er aussieht! Und sein Name! Jedenfalls fahre ich morgen mit zum Bäcker.«

Die Besichtigung der Burg Reifferscheid fand ohne Peter statt. Er hatte gerade eine Lücke in einer Kalkulation gefunden, die, wenn er sie jetzt auf sich beruhen ließe, innerhalb von Stunden zu einem unüberwindbaren Graben heranwachsen würde. Allein wollte Anja zunächst auch nicht gehen.

Aber ihre Bedenken waren unangebracht. Johann entpuppte sich als kundiger Fremdenführer. Mit Feuereifer erläuterte er die Burganlage bis ins Detail. Verliese gab es reichlich, halb unterirdisch eingelassen und mit Eisengittern und Schlössern gesichert. Er sprang von einem Bereich in den nächsten und gab dabei einen kurzen historischen Abriss der Geschichte, die immerhin schon vor neunhundert Jahren begonnen hatte. Immer wieder fielen Ritternamen, Gerhard, Heinrich, Philip, sogar Johann. Anja registrierte es.

Als sie unbedingt auf den Burgfried klettern wollte, hielt er sie ab. Heute nicht. Es sei zu diesig für eine gute Sicht. Ein anderes Mal. Eine letzte Runde durchs Dorf am Friedhof und der Kirche vorbei, und sie verabschiedeten sich.

Kein Mal war er Anja zu nah gekommen. Es war eher ein bisschen andersherum. Sie hatte es nicht vermieden ihm zu nahe zu kommen, natürlich nur, wenn es sich ergab. Er hatte eine Art, durch sie hindurch und gleichzeitig nirgendwohin zu sehen, wie es normalerweise nur Kurzsichtige vollbringen. Seine Augen waren grün. Sie hätte ihn gern nach seinem leeren Haus gefragt.

»Wie war's?«, fragte Peter ohne hoch zu sehen.

»Er hat eine hohe ... Identifikations ... schwelle.« Manchmal wählte sie solche Worte, um zu sehen, ob er zuhörte.

»Aha.« Aha bedeutete, er hörte nicht zu.

Am Abend vor dem Fernseher, in einer Werbepause, brachte Anja das Gespräch vorsichtig auf ihre Zukunft.

»Hast du noch mal drüber nachgedacht?«

Nur schwer trennte Peter sich von dieser AXA-Reklame.

»Worüber denn?« Als er keine Antwort bekam, sah er sie verwundert an. »Du meinst doch nicht etwa schon wieder die Kinderfrage?«

»Warum nicht?«

»Nicht schon wieder. Anja, hab doch ein wenig Geduld. Wir machen es, wenn es passt. Das hab ich dir doch versprochen.«

»Was passt?«

»Alles. Die Umstände, die Zeit, das Gefühl ...«

»Und die Gesetzeslage«, unterbrach Anja ihn.

»Aber nein, ich mache doch mein Lebensglück nicht davon abhängig. Komm her!«

Er schaltete den Fernseher aus, nahm sie in den Arm, küsste sie und tat, als ob nun alles wieder gut sei. Dabei konnte er doch nicht vergessen haben, dass sie schon von Scheidung gesprochen hatte, wenn er nicht bald nachgab.

Am nächsten Morgen, als Anja Peter wieder vor seinem Laptop vermutete, war er schon zum Bäcker gefahren, obwohl er sie doch mitnehmen sollte. Das Auto stand nicht vor der Tür.

Sie machte Frühstück, ging wieder auf und ab, schaltete das Radio ein, öffnete und schloss die Fenster und studierte wieder Prospekte. Sie gestand sich ein, nicht nur auf Peter zu warten.

Aber Johann kam nicht.

Wohl aber glaubte sie, ihn an den Fenstern vorbeigehen zu sehen. Einmal. Nur einmal.

Nach dem Frühstück musste Peter erst wieder ein paar Stunden arbeiten, ehe er Zeit für Anja hatte.

»Ich mag aber nicht so lange hier sitzen«, maulte sie.

Das verstehe ich ja«, sagte er in Gedanken.

»Und?«

»Ach, nimm doch einen dieser kleinen Rundwege. Dann kannst du dich nicht verlaufen. Wenn du zurück bist, machen wir einen Ausflug mit dem Auto.«

War es Glück oder Zufall, dass sie auf dem Rückweg, als sie den Berg herauf kam, Johann erblickte? Er stand mitten im Matthiastor. Ein großer dunkler breitbeinig stehender Schatten. Die Arme, ausgestreckt, reichten fast von der einen Torwand zur nächsten. In seinen hellen Locken stand die Sonne. In seiner Stimme klang das Echo mit. »Heute ist eine gute Sicht.«

Das stimmte. Aber der Wind war heftig und kalt und pfiff durch das Tor. Anja musste sich fest dagegen stemmen. Johann stand da wie ein Fels in der Brandung.

Am geschlossenen *Café Eulenspiegel* vorbei betraten sie die erhöht liegende Burganlage. Hier verwandelte sich der Wind in einen Sturm, jagte in verschiedenen Tonhöhen an den Gemäuern entlang. Mal klang er wie ein spitzer Schrei, mal war da ein dunkles Brausen zu vernehmen, er konnte aber genau so gut zischen und toben.

Auf dem Weg zum Burgfried klang er plötzlich wie ein Wimmern, das begleitet wurde von einem Rasseln und Klirren. Ehe Anja den Fuß auf die unterste Stufe setzte, sah sie sich furchtsam um.

Für einen Moment schien es ihr, als klammerten sich im unteren Teil zwei Hände um eines der Eisengitter. Direkt hinter ihr. Voller Grauen wandte sie sich ab, das konnte nicht sein, die Fantasie ging mit ihr durch, und sie sah doch wieder hin. Waren das nicht weiße Fingerknöchel? Kam von dort nicht auch das Wimmern? Sie musste nachsehen.

Johann war gerade aus ihrem Sichtfeld verschwunden. Anja lief an das Eisengitter heran, bückte sich und versuchte etwas zu erkennen. Die Hände rüttelten weiter, das Wimmern verstärkte sich. Die Umrisse eines schmutzigen Gesichtes im Halbdunkeln ... o Gott! Nein!

»Peter!«, schrie sie und fiel auf die Knie. Sein Mund war zugeklebt, seine Augen weit aufgerissen. Er lag auf den Knien, wie sie, nur eine halbe Etage tiefer. »Peter!«

Hilfe! Johann! Wo steckte er nur? Das Cafe! Nein, es war doch geschlossen. Aber die Kirche. Der Pastor. Sie musste irgendwo klingeln ... wieso hörte das Wimmern niemand außer ihr?

Ein Tritt ins Kreuz und sie fiel vorne über. Hände griffen nach ihr, zogen sie hoch und stießen sie weg. Aus den Augenwinkeln sah sie etwas Metallenes schimmern. Als sie sich mühsam aufrappelte, stand sie vor einem Ritter in mittelalterlich langem Kettenhemd, Helm mit Nasenschutz, Schild mit dem Wappen und Lanze.

»Johann?«, fragte sie mit verängstigter Stimme und presste sich gegen die kalte Steinmauer.

Er stieß sie wortlos Richtung Turm, die Steinstufen hinauf, in den runden Burgfried hinein, die gewundene Holztreppe empor. Sie stolperte vor ihm her alle Etagen hoch. Halb auf Händen, halb auf Knien. Er schepperte hinter ihr wie ein riesiges Ungetüm. Anja redete ohne Unterlass, flehte und bettelte, beschwor und versprach.

Endlich wieder Tageslicht. Sie hatten einen weiten Blick übers Land von der letzten Plattform aus. Die Sicht war wirklich gut. Anja warf sich über die Brüstung und schrie »Hilfe! Hilfe! Hilfe!« in die menschenleere Umgebung. Die stillen Hügel lagen wie ein grünes Meer zu ihren Füßen.

Als ihr der Ritter die Lanze in den Rücken rammte, spürte sie den Stich zwischen den Rippen und hatte das Gefühl zu zerbrechen, aber es tat nicht so weh wie der Gedanke, dass Peter da unten im Verlies hockte. Würde ihn jemals jemand dort finden?

Es war wie Achterbahnfahren, als der Ritter ihr den Boden unter den Füßen entzog und sie kopfüber den Burgfried hinunter stieß. Dabei war sie nie in ihrem Leben Achterbahn gefahren. So musste es sein. Es war eine kurze Fahrt, an deren Ende das Licht erst ganz grell wurde, ehe es ausging.

Peter klopfte sich den Dreck von der Hose und rieb sich die Hände sauber. Sie klebten. Johann schloss das Verlies wieder sorgfältig hinter ihm ab. Es hatte furchtbar darin gestunken. Viel länger hätte er es nicht ausgehalten.

Anja lag nicht weit von ihnen auf den Pflastersteinen der ehemaligen Küche. Arme und Beine weit von sich gestreckt, als sei sie auf ein Rad gespannt. Peter wollte nicht sehen, wie ihr Gesicht jetzt aussah. Hätte sie ihn doch nicht immer wegen der Kinder bedrängt.

Bevor Johann, wieder in T-Shirt und Jeans, auf dem Parkplatz vor der Grundschule in sein Auto stieg, steckte Peter ihm das Geld zu. Es war weniger, als ihn ein Kind gekostet hätte. Bei den Studiengebühren heutzutage. Von einer Scheidung ganz zu schweigen. Weitaus weniger. Er hatte das durchgerechnet. Die Kosten für die Miete der Ferienwohnung einkalkuliert.

»Ich dachte«, sagte er ein wenig nachdenklich und sah sich noch einmal nach dem Burgfried um, »Sie würden es anders machen.«

»Ja?«

»Weniger auffällig, meine ich. Es hätte jemand merken können.«

Johann zog die Mundwinkel verächtlich hoch. »Nicht bei diesem Wind. Und nicht während der Woche. Da ist hier ja keiner. Haben Sie doch selbst gesehen. Am Wochenende, da tummeln sich hier die Touristen ...«

»Ja, ja, aber ging es nicht weniger brutal?«

Johann entgegnete entrüstet: »Im Mittelalter war man so.«

»Ist ja schon gut«, winkte Peter ab.

»Sie hätten mir das auch sagen müssen. Sie haben nur gesagt, machen Sie es so, dass es in die Umgebung passt.«

»Ja. Ja.«

»Und das habe ich.«

»Ja. Ja.« Peter sah wieder zu dem weißen, runden Turm hinauf. Die Fahne flatterte.

Er musste die Polizei rufen.

Seine Frau war schon seit Stunden weg. Von ihrem kleinen Rundweg einfach nicht zurückgekehrt.

Hoffentlich hat sie sich nichts angetan, so depressiv wie sie neuerdings manchmal sein konnte.

Meschen

von Jörg Maurer

Ich bin Professor für Vergleichende Religionswissenschaften und Autor einiger Bücher über apokryphe, also von der Amtskirche nicht anerkannte Bibelstellen. Wenn ich aus dem östlichen Fenster meiner Zelle in der Justizvollzugsanstalt Trier sehe, habe ich einen wunderschönen Blick auf die sanft geschwungenen Ebenen der südlichen Ausläufer des Meulenwaldes. Ganz in der Ferne kann man bei gutem Wetter den Kölner Dom erkennen, sagt der Wärter, aber er macht wohl eher Spaß. Oder es war noch nie gutes Wetter. Ich habe noch ein paar Jährchen abzusitzen und die Geschichte, wie ich hier hereingeraten bin, ist eine literarische.

Ja, Sie haben richtig gelesen, eine literarische. Die Ursache meines Untergangs ist eine abgegriffene Metapher. *Concetto* sagt der Italiener dazu: Die weithergeholte und dann bis zur Ärgerlichkeit abgegriffene Phrase. Ein schönes Beispiel dafür ist der Satz:

Da fliegt ein Schwarm Spatzen auf, wie von einer Schaufel hochgeworfen.

Beim ersten Mal findet man das Bild noch halbwegs hübsch. Dann liest man es nacheinander bei Edgar Allan Poe, bei Ernest Hemingway, sogar bei Kafka, Camus, Cervantes – und irgendwann gähnt man nur noch gereizt. Liest man die Spatzenmetapher, so wie ich, dann auch noch bei William Wordsworth, jaja, bei dem großen romantischen Dichter -

... Hush! A little flock of sparrows,
throwed in the air by the black shovel ...

– und bei Arno Schmidt –

... schäuflings in'n Wind geschilpt, der SpärlyncksHauffn ...
– dann schwört man sich, das nächste Buch, das solch eine Wendung birgt, aus dem Fenster zu werfen. Nicht etwa im übertragenen, figürlichen Sinn, sondern, sofern es Juni und das Fenster geöffnet ist, im wörtlichen, rücksichtslosen Sinn. So groß kann der Zorn eines Lesenden sein.

Bei mir *war* es Juni, das Fenster *war* geöffnet, und ich saß in der Klosterbibliothek der Abtei Himmerod in der Vulkaneifel. Durchs Fenster hatte ich eine herrliche Aussicht auf die nördlichen Ausläufer des Meulenwalds. Der Bruder Bibliothekar hatte mir gesagt, bei schönem Wetter könne man bis Basel sehen, aber das war wohl eher ein klösterlicher, also jahrhundertealter Scherz. Ich las in einer mittelalterlichen Bibel, einer Originalhandschrift aus dem 5. oder 6. Jahrhundert nach Christus, und jetzt ahnt man die Schlusspointe natürlich schon. Ich studierte im Markusevangelium eine Stelle, die ein mittelalterlicher Mönch ins Lateinische übertragen hatte. Die Stelle war ausgesprochen apokryph, also von der Amtskirche auf keinen Fall anerkannt, es war auch miserables Küchenlatein, trotzdem:

... usque Maria et Josephum cedint in directio Bethlehemensis et multi sparrobis avisses (ich traute meinen Augen nicht!) *quem cubatissem cum spatum ...*

Ich nahm die Bibel und warf sie aus dem Fenster des Bibliotheksgebäudes. Es war eine sündteure Handschrift, und ich hatte dafür eine Sondergenehmigung beantragen müssen. Obwohl der Zorn groß gewesen war, bereute ich meine Tat natürlich sofort, ich lief zum Fenster und sah, dass die Bibel auf dem breiten, schrägen Fenstersims liegen geblieben war, sie rutschte nun langsam nach unten. Ich griff mit der Hand hin und versuchte sie festzuhalten, konnte das

Buch jedoch nicht fassen, es rutschte weiter. Ich sah hinunter in den Hof der Bibliothek, dort hatten Bauarbeiter eine große Wanne mit ungelöschtem Kalk vorbereitet, in die die Bibel zu fallen drohte. Ich hastete die Treppen hinunter. Dabei fiel mir ein, dass ich einmal sogar eine Beziehung gelöst hatte wegen der unseligen Vögel. Sie war Italienerin und hieß Frederica. Man muss sich das so vorstellen: Eine laue Mondnacht in einem Florentinischen Garten, im Giardino di Boboli, ich legte meine Hand auf ihre und zitierte ein paar Verse aus dem Buch Salomons. Sie ahnen es schon, in der Ferne flogen ein paar Spatzen auf. *Ah! Come alto-gettato da una pala!* sagte sie, und wir haben uns dann nie mehr getroffen.

Und jetzt sitze ich hier in der Justizvollzugsanstalt Trier, aber nicht wegen der Bibel. Die Bibel fiel keineswegs in den ungelöschten Kalk, sondern traf einen der Bauarbeiter am Kopf. Aber auch deswegen sitze ich nicht hier, denn beide konnten restauriert werden, die Bibel sowie der Bauarbeiter. Ich kam wegen Sachbeschädigung und Körperverletzung vor Gericht. Der gegnerische Anwalt, der das Kloster vertrat, plädierte auf zehntausend Euro Schadenersatz und Schmerzensgeld, mein Anwalt auf nichts: Die Bibel sei nicht echt und die Schmerzen nicht so groß gewesen. Der Richter stand auf und verkündete das Urteil: fünfhundert Euro. Das war zu verkraften. Auf dem Gang des Gerichtsgebäudes sah ich, dass sich der gegnerische Anwalt und mein Anwalt In breitestem moselfränkischen Dialekt miteinander unterhielten und dabei auf den Balkon traten. Ich verstand zunächst kein Wort, doch dann deutete der eine hinaus auf die saftigen sommerlichen Ebenen und sagte: *Lao flejen Meschen obp*! Der andere erwiderte: *Als wenn met na Schaufl hischgewurf!* Ich stieß beide vom Balkon.

Im Zweifel in die Eifel

von Tatjana Kruse

War ja klar, dass es schief gehen würde.

Schon als Bertie verkündete, wir würden den Bruch nach dem Vorbild der englischen Gentlemen-Posträuber durchziehen, nur nicht in England, sondern in der Eifel, war klar, dass es voll in die Hose gehen würde. Aber ich hielt meine Klappe.

Biggs hatte im August 1963 mit vierzehn Komplizen einen englischen Postzug ausgeraubt und 2,63 Millionen Pfund erbeutet, wohingegen wir ein vergleichsweise lächerliches Projekt in Angriff nehmen wollten und das – in Ermangelung geldbeladener Schienenverkehrsmittel – auch noch *stationär*: Wir planten, zu dritt die VSGB, die Volks-Spar-und-Genossenschaftsbank in Daun auszuräumen.

Anfang August – quasi am Jahrestag. So viel Detailtreue musste schon sein.

»Eine Bank knacken kann jeder Idiot mit einer Knarre. Wir dagegen werden Kriminalgeschichte schreiben – als die Eifeler Gentleman-Einbrecher«, hatte Bertie verkündet und die Bowler-Hüte unter uns Dreien verteilt. Versteht sich, dass es keine echten *Bowler Hats* waren. Die Hüte stammten aus einem Faschings-Restposten-Verkauf, hatten Einheitsgröße und passten nur einem, nämlich Bertie. Mir rutschte der Hut ständig über die Ohren, und Rüdiger fiel der Hut dauernd vom Kopf, weil er zu klein war. Aber das focht Bertie nicht weiter an.

»Der Zeitpunkt ist perfekt. Es ist Sankt-Laurentius-Kirmes, da ist ganz Daun im Ausnahmezustand. Detlef, du sorgst für die adäquate Verpflegung. Rüdiger, du bringst den Schweißbrenner mit.«

Rüdiger nickte, und wieder glitt sein Bowler zu Boden.

Wir waren ein Hirn und zwei Brüder, wie Bertie immer zu sagen pflegte. Ein Hinterherbesserwisser, ein Frühaufgeber und ein Vollblutverneiner – Bertie, Rüdiger und ich. Bertie, geniales Verbrecherhirn, das sich derzeit von einer wohlhabenden Witwe aus Köln-Porz aushalten ließ, mein kleiner Bruder Rüdiger und ich, beide Gerolsteiner-Arbeiter, aber Bitburger-Trinker. Bislang hatten wir kleinkriminell vor uns hindilettiert, aber nun hatte Bertie der Ehrgeiz gepackt, und er beabsichtigte den Sprung auf die nächste Ebene: ein Ba-Ba-Banküberfall.

Ich war ja dagegen. Selbst in der idyllischen Eifel waren Banken mittlerweile High-Tech-gesichert und ich hatte nicht vor, die nächsten Jahre hinter Gittern zu verbringen. Aber wie sagte Bertie immer: Wir drei sind eine große, glückliche Familie. Nur wird in Familien selten Demokratie praktiziert, folglich mussten Rüdiger und ich brav alles tun, was Bertie ausheckte. Und Bertie hatte es sich in den Kopf gesetzt, die Bankfiliale auszuräumen. Es war was Persönliches. Bertie war in Daun aufgewachsen. Wahrscheinlich hatte ihm der Schalterbeamte der VSGB vor hundert Jahren am Weltspartag keinen Lutscher für Berties Sparschweininhalt spendiert. Oder so.

»Das ist als Einstieg ideal für uns. Nicht genug Kohle, als dass es die Profis interessieren könnte, aber genug für uns drei.« Die Hälfte ging grundsätzlich immer an Bertie als Kopf der Bande. Na, war nicht weiter tragisch, Rüdiger und ich lebten ja sparsam.

»Ich erwarte euch dann Punkt siebzehn Uhr an der Hintertür. Vergesst nicht, im Anzug zu erscheinen!«

»Muss das wirklich sein?« Bitteschön, wer räumt im Hochsommer bei über dreißig Grad im Schatten eine Bank im *Anzug* aus?

»Entweder wir machen es richtig oder gar nicht«, maulte Bertie, der immer gleich beleidigt war, wenn man seinen Plänen nicht jubelnd zustimmte. »Die englischen Posträuber sind nicht nur für ihren kühnen Plan unsterblich geworden, sondern auch für ihr tadelloses Erscheinungsbild. Ehrlich; Detlef, du bist ein Holzkopf. Wenn du dich am Kopf kratzt, gibt es Splitter.«

Manchmal hätte ich bei Bertie gern auf den Pausenknopf gedrückt. Er hatte uns seine *Regeln für Gentlemen-Einbrecher* nicht nur mehrfach bühnenreif vorgetragen, sondern auch auf ein liniertes Blatt kopiert und im Copyshop vervielfältigen lassen: 1.) Immer im Anzug! 2.) Keine sichtbaren Tätowierungen! 3.) Kein Schmuck.

Rüdiger hatte es fast das Herz gebrochen, als er seinen geliebten Totenkopfring bei Mutti deponieren musste. Und Mutti brach es fast das Herz, als ich mir ihren Makeup-Abdeckstift auslieh. Offenbar befürchtete sie *Brokeback-Mountain*-Zustände, weil ich ihr nicht sagte, dass ich damit das Spinnen-Tattoo auf meinem Hals überschminken wollte.

«Also abgemacht«, bellte Bertie abschließend im Sousa-Marsch-rhythmischen Bundeswehrunteroffizierston. »Siebzehn Uhr. Und vergesst nicht: Immer Gentlemen bleiben!«

Rüdiger ist ein Depp, das muss mal gesagt werden, auch wenn ich, sein Bruder, es sage. Während Bertie und ich die VSGB ausbaldowerten, verbrachte er seine Zeit damit, einem borstigen Keiler im Dauner Hirsch- und Saupark das Apportieren beibringen zu wollen. Vergebens, wie ich anmerken möchte. Aber eins konnte er echt gut: mit einem Schweißbrenner umgehen. Das war in der heutigen Zeit eigentlich kein wirkliches Talent mehr, da die meisten Safes elektronisch gesichert waren, aber bei so einem alten Geldschrank wie dem in der VSGB konnte Rüdiger mit diesem Pfund noch wuchern. Binnen einer halben Stunde hatte er die Tür so gut wie aufgeschweißt. Bertie und ich standen daneben und schwitzten.

Und wie wir schwitzten. Es herrschten hochsommerliche dreiunddreißig Grad. Gefühlte sechzig Grad.

Gut, dass die Bank keinen Feuchtigkeitsdetektor im Parkett hatte. Nicht nur mir lief der Schweiß unter den Hosenbeinen hervor und tropfte auf die Holzdielen.

Rüdiger und ich trugen unsere alten Konfirmationsanzüge. Meiner passte ja noch halbwegs, aber Rüdiger konnte in der Hose, deren Beine knapp bis zur Wade reichten, kaum atmen. Wenigstens hatte Bertie ihm erlaubt, das Jackett beim Schweißen auszuziehen. Aber die farblich passenden Feinstrumpfhosen, die wir über den Köpfen trugen, mussten wir anbehalten – ebenso wie die Bowler-Hüte – obwohl wir die einzige Kamera in der Bank abgeknipst hatten.

»Können wir nicht im Winter wiederkommen, wenn es kühler ist?«, keuchte Rüdiger, der Frühaufgeber.

»Maul, sonst Beule!«, blaffte Bertie.

Plop, machte es, und die Safetür fiel Rüdiger entgegen. Er drehte sich um und verzog das Gesicht unter dem Strumpf zur grässlichen Fratze. Ich ging davon aus, dass es sich um ein triumphierendes Grinsen handelte.

»Gut gemacht«, lobte Bertie. »Und nun *High Tea.*«

»Ein Hai? Ein Hai?« Rüdiger bekam große Augen.

Bertie rollte die Stirn ein. »*High Tea*. So nennt man bei den Briten die Teepause am späten Nachmittag. Deswegen haben wir ja einen Imbiss dabei. Wir haben doch einen Imbiss dabei?« Bertie sah mich skeptisch an.

Ich hob meinen Aktenkoffer mit der Thermoskanne und der Tupperdose hoch.

»Gut. Auf in die Kaffeeküche.« Wie Moses die Israeliten durch das Rote Meer führte, so geleitete Bertie uns durch die kleine Schalterhalle in die angrenzende Kaffeeküche. Ich nahm den Deckel von der riesigen Tupperdose ab, und der Döppekooche, den Mutti für uns gemacht hatte, breitete sein kartoffeliges Aroma aus.

»Was soll das denn sein?«, nölte Bertie.

»Döppekooche«, sagte ich, zog die Strumpfhose bis zur Nasenspitze hoch, fischte eine Plastikkuchengabel aus der Innentasche meines Jacketts und gabelte mich durch die knusprige Kruste.

»Und wo sind die Gurkensandwiches?« Bertie lief krebsrot an. »Wenn es historisch korrekt sein soll, müssen es Gurkensandwiches sein!«

Ich zuckte mit den Schultern. Rüdiger, mittlerweile strumpflos, wühlte in dem leeren Aktenkoffer. Wie ein Welpe. Ein Zwei-Meter-Welpe, der hundertfünfzig Kilo wog. »Gar kein Kompott?«, fragte er enttäuscht.

Bertie blickte finster. »Das ist ein eklatanter Stilbruch! Döppekooche passt nicht zu echten Gentleman-Einbrechern!«

»Wenn's Eifeler sind, schon.« Ich hielt ihm die Thermoskanne hin. »Dann isst du eben nichts, sondern trinkst nur. Es geht ja ohnehin nur ums Prinzip.«

Bertie drehte die Verschlusskappe auf. Und das war dann der Moment, in dem er vollends ausflippte.

»Was ist das?«, verlangte er brüllend zu wissen.

»Viez«, sagte ich, Böses ahnend.

»Wieso ist das kein Tee?«

Rüdiger nahm einen nachlässig gespülten Keramikbecher von der Anrichte der Teeküche und hielt ihn Bertie hin.

»Es muss aber Tee sein«, röhrte Bertie. »Heißer Earl-Grey-Tee! Oder wenigstens Assam!«

So ein Spinner, dachte ich. Aber da ich ein vernünftiger Mann mit Mutter, Bruder, Hund und Kreditverpflichtungen war, sprach ich es nicht aus.

»So geht das nicht!«, schrie Bertie, dem augenblicklich eine Schlagader zu platzen drohte. »Das ist nicht britisch!«

»Aber erfrischend«, meinte Rüdiger arglos, der sich noch mal nachschenkte.

Blut kochte, Fäuste flogen, Apfelwein floss und das nachfolgende Tableau – Bertie, der sich mit seinen hageren Händen in meinen Hals verkrallt, ich, der ich versuche, mein Knie in Berties Weichteile zu rammen, und Rüdiger, der dazwischengehen will, ohne den Tee in seinem Keramikbecher zu verschütten – wurde in dem Moment unterbrochen, als die Eingangstür klimpernd aufgeschlossen wurde.

Ein fröhliches Lied pfeifend trat der Filialleiter der Bank in die Schalterhalle.

Wie eingefroren verharrten wir in unseren Positionen: Bertie mit ausgestreckten Würgerarmen in mein Konfirmationsanzugsrevers verkrallt, ich mit erhobenem Knie, Rüdiger den Becher balancierend und »ich muss mal nötig« flüsternd zwischen uns. Oh mein Gott, dachte ich, gefangen in einer Kaffeeküche mit zwei Bekloppten, einer übervollen Blase und einem Bluthochdruckcholeriker, der sekündlich explodieren konnte. Wollte dieser Tag denn kein Ende nehmen?

Die Zeit blieb stehen.

Es war nur das Pfeifen des Filialleiters zu hören.

Und das verstummte, als er der offenen Safetür ansichtig wurde.

Der Filialleiter. Mitte fünfzig. Frisch geschieden. Einen Squashschläger in der Hand haltend, der ihm gleich darauf aus eben dieser Hand fällt.

Er stutzt, stockt, stiert – und dann stopft er das ganze Geld aus dem Safe in seine Sporttasche.

Aus den Augenwinkeln sehen wir, immer noch reglos, ungläubig zu.

Mir schläft das Bein ein.

Dann rennt der Filialleiter hinaus. Durch das Kaffeeküchenfenster sehen wir, wie er die Sporttasche in seinen Wagen wirft. Und da hören wir auch schon, wie er »Überfall! Überfall!« gellend in Richtung eines Pulks marodierender Kirmesbesucher rennt.

»Scheiße, der will sich mit unserem Geld sanieren«, fluche ich.

»Weg hier«, rät Bertie, dem man zugute halten muss, dass er in Krisensituationen einen kühlen Kopf bewahrt. Wenn es nicht gerade um die echt britische Teezeit geht.

Wir krallen unsere Siebensachen, Aktenkoffer, Schweißbrenner, Thermoskanne und trollen uns durch die Hintertür. Unser Fluchtwagen springt sofort an und schon sind wir in Richtung Autobahn unterwegs. Hinter uns hören wir die ersten Sirenen.

»Das war knapp«, seufzt Rüdiger und rülpst Apfelweinschwaden in den Innenraum des geklauten BMW.

Nein, uns verrieten nicht – wie damals bei den Gentleman-Posträubern – unsere Fingerabdrücke. Keiner von uns hatte seine Einmalhandschuhe auch nur für eine Sekunde ausgezogen. Die Polizei entdeckte allerdings Rüdigers Spucke an dem Keramikbecher. Danach ging – dank DNS-Test – alles rasend schnell, schließlich waren wir aktenkundig.

Ich bot mich als Kronzeuge an, um Strafminderung zu bekommen. Aber die Bullen glaubten mir nicht, dass der Filialleiter das Geld eingesackt hatte. Der Mann war unbescholten und guckte wie ein Lamm. Rüdiger und ich waren dagegen vorbestraft. Und guckten – genetisch bedingt – wie Pitbulls. Wir bekamen acht Jahre. Nicht zusammen, jeder einzeln. Er in Trier, ich in Wittlich.

Bertie kam mit Bewährung davon, weil ihm seine reiche Witwe einen gelackten Star-Anwalt engagiert hat. Das Letzte, was wir von Bertie hörten, war, dass er nach England ausgewandert sein soll. Wird 'ne herbe Enttäuschung für ihn, wenn er merkt, dass es dort auch keine Postzüge mehr gibt.

Mutti besuchte uns im wöchentlichen Wechsel in unseren jeweiligen Justizvollzugsanstalten und schärfte Rüdiger und mir immer ein, dass wir uns hinter Gittern vorbildlich verhalten sollten, dann kämen wir vielleicht nach der Hälfte der Zeit wegen guter Führung frei.

Der Filialleiter setzte sich gleich nach der Verhandlung ab. Er blieb verschwunden. Offiziell.

Inoffiziell hat Mutti ihn in seiner Jagdhütte aufgespürt, kurz bevor er den Abflug in tropische Gefilde machen wollte. Sie war ein wenig stinkig, weil ihre Jungs wegen ihm für nichts und wieder nichts einsitzen mussten. Und da gab wohl ein Wort das andere.

Mutti sagt, das Geld sei jetzt sehr gut angelegt und wir würden alle drei nie wieder finanzielle Sorgen haben. Und die Gefrierbeutel mit den filetierten Filialleiterresten nehme sie regelmäßig mit zu ihren Besuchen im Hirsch- und Saupark ...

Sein 51. Fall

von Jürgen und Marita Alberts

Nein, ich hab ihm nicht helfen können.
Obwohl es ganz gut aussah. Wenigstens eine Zeitlang.

Er war nur zwei Meter von mir entfernt. Vielleicht weniger. Mehr als eine Armlänge. Er hielt den Blick auf mich gerichtet. Starr. Unbeugsam. Entschlossen. Auch als er sprang, hat er mich noch angesehen. Diese Augen, mein Gott, diese Augen. Sie entfernten sich, und doch blieben sie mir nah.

Zu nah.

Viel zu nah.

Zwei Tage zuvor hatten wir gefeiert. Ein Jubiläum. Die Kollegen hatten ein Fässchen Bier in die Dienststelle gerollt. Belegte Schnittchen. Das Übliche. Nur mir haben sie nichts davon gesagt. Alles heimlich vorbereitet. Selbst der Dienststellenleiter war anwesend. Was für eine Ehre. Wenn der Chef schon dabei ist. Irgendwann wurde es feierlich. Für ein paar Minuten. Länger spricht der Chef nie. Unser Doktor Selbstmord, nennt er mich. Ist mir lieber als Suizid-Klempner, wie mich die Kollegen oft titulieren. Glücklicherweise haben die anderen den Mund gehalten. Noch mehr Lobeshymnen hätte ich nicht durchgestanden. Am Schluss sagte der Polizeipräsident: »Wenn ich mich umbringen will, rufe ich Sie vorher an, lieber Doktor Selbstmord.« Alles lachte. Die Älteren nickten mir aufmunternd zu.

Der Anruf war kurz nach sechs gekommen. Draußen war es schon hell. Da steht einer auf der Brücke, hieß es. Ich wusste erst gar nicht, was er meinte. Brücken haben wir viele. »Zingsheim«, sagte der Kollege von der Notrufzentrale und hatte schon aufgelegt. Zingsheim, klar.

Als ich ankam, standen da zehn Bauarbeiter. Seit einer Ewigkeit wird hier an der A1 herumgebastelt. Sie hatten ihn gesehen, als sie zur Baustelle kamen. Hatte sein Auto gleich beim Klohäuschen auf dem abgesperrten Fahrbahnstreifen abgestellt. Klammerte sich von außen am Geländer fest und zitterte. Windig und kalt hier oben. Fehlte nur noch, dass einer rief: Spring doch, du Feigling. Ist schon vorgekommen. Mehr als einmal.

Ich habe mir erst mal eine angesteckt und ihm die Packung hingehalten. Das klappte, wie es schon so oft geklappt hat. Keine Frau, keine Verwandten, niemanden, den ich einbinden konnte. Wenn erst mal die Ehefrau auftaucht und mit einem Suizidgefährdeten spricht, dann ist schon viel gewonnen. Er hat nicht viel geredet. Langsam bekam ich das Gefühl, dass er mir traut. Arbeitete im Amt in Stadtkyll. Mittlere Charge. Nur nicht zu viel Verantwortung übernehmen, sagte er. Und dann ist er in den Tod gesprungen. Am 7.7. um acht Uhr zwölf.

Ich war ihm schon mal begegnet.
Viele Jahre her.

Als ich ihn unten liegen sah, fiel es mir ein. Schichtdienst. Kurz vor Mitternacht. Er kam in ziemlich verwirrtem Zustand an. »Nehmen Sie mich in Haft«, sagte er mit schriller Stimme, ich kann für nichts garantieren. Ich tue mir was an.« Gar nicht so einfach, eine kostenlose Übernachtung in der Zelle zu kriegen. Ich hab auf das Formular geschrieben: stark alkoholisierter Zustand. Obwohl er nicht besoffen war.

In den Akten fand ich mein Protokoll von damals wieder. Als ich auf das Datum sah, 7.Juli, gab es für mich kein Zurück. Ich musste wissen, warum ich ihm nicht hatte helfen können. Musste den Fall aufklären, obwohl wir in Suizid-Fällen nicht mehr tätig werden dürfen. Ich hab mir beim Chef die Erlaubnis geholt. Aber nur, wenn Sie Urlaub dafür einreichen. Sagte er. Barsch wie immer. Von wegen Jubiläum.

Im Amt in Stadtkyll gab es betretene Mienen. Niemand wusste etwas über Waltermann zu sagen. Sogar sein Schreibtisch war schon wieder besetzt. Nein, das war ein Einzelgänger. Nein, bei Betriebsfesten hat er sich nie blicken lassen. Wir haben schon gedacht, er ist ein Alki, der nicht auffallen will. Seine Arbeit hat er immer pünktlich erledigt.

In der Personalakte dann die Überraschung. Im zweiten Jahr seiner Anstellung wurde Waltermann mit einer Tablettenvergiftung ins Krankenhaus Gerolstein eingewiesen. Am 7.7.! Ein erster Selbstmordversuch? Und all die Jahre drauf hat er immer um dieses Datum seinen Urlaub eingereicht.

Der Abteilungsleiter nannte ein mögliches Motiv für den Freitod: Gernot Waltermann hatte vielleicht mit der Sache um den Kämmerer zu tun gehabt, munkelte man hinter vorgehaltener Hand. Mehr als zwei Millionen sind verschwunden. In dreizehn Jahren heimlich verbraten worden. Kann einer allein doch gar nicht. Der Kämmerer ist inzwischen verstorben. Hat sich Waltermann verabschieden wollen, bevor man die Spur zu ihm fand?

Wenigstens der Versuch einer Erklärung.

Ich musste mir Zutritt in seine Wohnung in Dahlem verschaffen. Nicht ganz legal, weil ich von der Staatsanwaltschaft bestimmt keinen Hausdurchsuchungsbefehl bekommen würde. Die Nachbarin hat mir geholfen. Sie hatte einen Schlüssel. Aber auch keine Erklärung, was mit ihm war. Der Waltermann hat immer freundlich gegrüßt, ganz zuvorkommend, ein paar Sätze übers Wetter, mehr war nicht drin. Guten Tag und Auf Wiedersehen.

Die Wohnung war perfekt aufgeräumt. Alles an seinem Platz. Kein Krümel, kein Stäubchen, kein schmutziges Geschirr. Nichts.

Auf dem Küchentisch vier Messer und drei Gabeln mit einer Kordel zusammen gebunden.

Über dem Herd akkurat eine Reihe von scharfen Spitzen mit Bleistift in die Tapete geritzt. Wie ein Holzzaun. Ein Jägerzaun. Ein spitz zulaufender Pfeil mit einer Rundung am unteren Ende.

Auch im Bad gab es mehrere Girlanden mit diesem Motiv. Direkt über dem Spiegel.

Im Wohnzimmer ganze Wände voll.

Auf dem Fernseher ein Dutzend gespitzter Bleistifte. Von Kordel zusammen geschnürt. Die grauen Spitzen zeigten zur Decke.

Ich konnte mir keinen Reim darauf machen. In seinem Schreibtisch fand ich dicke Rollen Kordel. Noch nicht angebrochen. Als hätte er einen Vorrat für die nächsten Jahrzehnte anlegen müssen.

Als er mir da oben auf der Autobahnbrücke gegenüber stand, dachte ich, du versaust mir nicht meine Bilanz. Gerade erst für fünfzig Fälle gefeiert worden ... und dann das. Aber es ging nicht um die blöde Bilanz. Es ging um die Hilflosigkeit, um diese starren Augen, um diesen Menschen, dem ich nicht helfen konnte.

Ich musste herausfinden, wo er vor seinem Umzug nach Dahlem gelebt hatte. Beim Meldeamt waren sie ziemlich zugeknöpft. Selbst als ich meinen Dienstausweis einsetzte, taten sie so, als seien sie nicht berechtigt, mir Auskünfte zu geben.

Mechernich. Ich fand die kleine Straße im alten Ortskern unterhalb der alten Kirche. Waltermann? Ja, der ist damals weggezogen. Von einem Tag auf den anderen. Plötzlich war er verschwunden. Niemand wusste, was mit ihm geschehen war. Seine Mutter ist zwei Jahre später vor Gram gestorben. Ihr einziger Sohn. Der Vater war schon tot.

Mir kam das Datum wieder in den Sinn. 7.7. Ich fragte danach. Aber keinem in der Straße sagte es was. Reden Sie doch mal mit seiner Nichte, vielleicht weiß die etwas. Sie wohnte in der alten Bergarbeitersiedlung an der Bergstraße.

Ich musste dreimal klingeln.

Sie saß im Rollstuhl. War vom Suizid ihres Onkels benachrichtigt worden. »Das Erste, was ich von ihm seit dem Unfall gehört habe. Das müssen Sie mir glauben.«

»Was für ein Unfall?«, fragte ich.

»Vor vielen Jahren. Mein Verlobter und ich auf dem Motorrad. Er war sofort tot, ich hatte Glück, aber eine Holzlatte hat mich durchbohrt.« Sie zeigte auf die Stelle im Unterleib. »Gelähmt. Nichts zu machen.«

Und dann nannte sie mir das Datum des nächtlichen Unfalls.

Ich zuckte zusammen. Fast zwanzig Jahre her.

Sollte ich ihr sagen, was ich vermutete? Ich brachte es nicht fertig. Waren ja doch nur Indizien.

Im *Stadt-Anzeiger* fand ich unter dem 9. Juli eine kurze Notiz.

»Tragischer Motorradunfall

Nach Einbruch der Dunkelheit verunglückten zwei junge Motorradfahrer auf der Wallenthaler Höhe. Bei überhöhter Geschwindigkeit sind sie auf ein Hindernis gestoßen. Aus einer ungesicherten Ladung waren Latten eines Jägerzauns auf die Straße gefallen. Der Mann Reinhold B. war sofort tot. Seine Beifahrerin ist mit lebensgefährlichen Verletzungen ins Krankenhaus eingeliefert worden.«

Die übliche Polizeilyrik. Weder in der Redaktion noch auf dem Polizeirevier konnte sich jemand an den Unfall erinnern. »Zu unbedeutend«, sagte mir der Schichtleiter.

»Einfach zu viele Selbstmörder am Wochenende unterwegs«, fügte er noch hinzu.

Hoffnungen

von Jacques Berndorf

Sie war siebenundzwanzig, und ihre Mutter hatte erklärt: »Also, in deinem Alter noch streng Single zu sein, ist ziemlich riskant. Und du sagst, du würdest auch gern Kinder haben. Ja, nun, wo sind sie denn, die Kinder?«

»Sie werden schon kommen!« versicherte Gerlinde. »Gut Ding will Weile haben, sagst du doch immer.« Und dazu lächelte sie versonnen und hatte ein ganz weiches Gesicht wie eine Madonna.

»Das sagst du so leichtfertig«, entgegnete ihre Mutter. »Aber nichts passiert. Und wenn ich an die armen Mauerblümchen hier im Dorf denke, wird mir ganz schlecht. Du hast ein eigenes Geschäft in Daun, du kriegst dieses Haus hier, du bist eine richtig gute Partie. Aber du schlägst allen ins Gesicht, die sich um dich bemühen. Neulich mit dem Gerd war es doch dasselbe. Erst rennt er dir die Bude ein, dann triffst du ihn drei- viermal, dann kommt er nicht mehr. Wieso denn das, wenn er dich unbedingt haben wollte?«

»Na ja, eigentlich wollte er mir bloß unter den Rock fassen. Und das ist ja ein bisschen wenig, oder? Ich habe ihn zweidreimal fassen lassen, und dann ging bei ihm schon die Post ab. Und ich lag da und hab die Sterne gezählt. Er ist einfach ein Arsch, verstehst du, er kann nicht denken, er hat überhaupt keine Fantasie, er ist ein völlig dummdreister, schief gewickelter Macho. Von der Sorte kann ich jeden Tag drei zum Frühstück haben. Aber so was heiratet man doch nicht.«

»Wie du redest!«

»Tja, Mama, so ist das heute. Diese Gesellschaft ist genauso dämlich, wie sie sich gibt. Und das ist auch in der Eifel so, oder hältst du das hier für den letzten Hort irdischer Intelligenz?«

Manchmal war sie wirklich geradezu bösartig. Ihr Vater bemerkte zuweilen: »Sie hat eine bösartige Schnauze!«

»Kindchen, Kindchen, wenn das nicht irgendwann mal schief geht.«

Das war jetzt die zweihundertsiebzigste Auflage desselben Themas, und Gerlinde konnte es nicht mehr hören.

Außerdem dachte sie an Thomas aus Hillesheim, und da war die quengelige Mutter nur im Weg. Thomas war das pralle Leben.

Gerlinde ging also in ihre Wohnung im ersten Stock und wählte das neue Dunkelblaue aus. Das würde Thomas hoffentlich den Atem nehmen und ihm ordentlich einheizen. Ich liebe diese Fetzen! dachte sie inbrünstig. Und ich liebe diese Fetzen umso mehr, als ich daran denken muss, wie er sich beim Anblick dieser Fetzen vorbereitet. Wow! Das Leben war im Augenblick ganz wunderbar.

Sie trafen sich auf dem schmalen Wirtschaftsweg zwischen Loogh und Stroheich. Thomas kam mit seinem rostigen Golf von Stroheich her, parkte in einem Waldweg und kam ganz langsam auf sie zu. Sie hatte das Cabrio in einem anderen Weg abgestellt, und sie sah unglaublich gut aus in der weißen Bluse, dem hellblauen geblümten Rock und den langen blonden Haaren.

Thomas dachte verwirrt: Sie wirkt wie ein Geschenk. Mein Gott, ist das eine heiße Type!

Dann sagte er mit ganz trockenem Mund: »Grüß dich!«. Und weil sie nichts sagte, sondern ihn nur anstrahlte, setzte er hinzu: »Du siehst unglaublich gut aus! Wieso habe ich dich nicht früher kennen gelernt?«

»Das weiß ich auch nicht«, murmelte sie. Er war wahrscheinlich über einen Meter achtzig groß, er war schlank, er hatte einen Dreitagebart, er hatte lange, empfindsame Hände, und sie wusste schon, wie diese Hände sich anfühlten. Und er roch gut, er roch ständig nach Mann. Zweimal hatte sie das schon erleben dürfen.

»Gehen wir ein bisschen?« fragte sie.

»Oh ja, natürlich. Wohin? In den Wald? Oder da runter in die Wiesen?«

»In die Wiesen möchte ich gern«, sagte sie. »Sie sind nicht gemäht, sie sind voller wilder Blumen. Was hast du alles getrieben, seit wir uns das letzte Mal gesehen haben?«

»Nichts Besonderes« erwiderte er. »Halt gearbeitet, wie man das so macht. Von morgens früh bis spätabends. Dann geschlafen, weil ich kaputt war. Und ich habe verdammt oft an dich gedacht.«

»Das geht mir mit dir genauso«, sagte sie und hatte einen trockenen Mund.

Der Wiesenweg endete, weil er zugewuchert war. Es gab violette Blumen, dunkelrote, hellgelbe, blaue Glockenblumen, es gab die ganz dunkle Teufelskralle. Und es lag ein leichter Duft in der Luft von all den Herrlichkeiten.

»Was treibst du so, wenn du allein bist?« fragte sie.

»Tja, was treibe ich?« wiederholte er. »Ich denke, ich bin ein ganz normaler Mensch. Mit all den Sehnsüchten und Träumen, die man so hat.«

»Was hat man denn für Sehnsüchte?«

»Na ja, den Glauben, dass du eines Tages das Glück erwischst. Kann ja sein, dass dir eine Frau über den Weg läuft, die genau das ist, wovon du die ganze Zeit geträumt hast.

Und was hast du getan, seit wir uns das letzte Mal gesehen haben?«

»Das kann ich dir genau sagen. Ich habe unanständig viel an dich gedacht. Jedenfalls in jeder freien Minute, die ich hatte.« Sie war stehen geblieben, hatte ihn festgehalten, sank leicht gegen ihn, krallte sich in seinem Hemd fest. »Du bist ein Scheißkerl, dass du mich so blockierst!« Sie hatte eine ganz helle Stimme, das letzte Mal hatte er diese Stimme ein Glockenläuten genannt.

»Ich bin eben ein cooler Zauberer«, sagte er tonlos.

Er zog sie langsam aus, sie sanken nebeneinander in das Gras. Und als sie in den blauen Fetzen unter ihm lag, sagte er ganz erstickt: »Diese paar Quadratzentimeter Dunkelblau machen mich ganz verrückt.«

»Dann zieh sie mir aus«, erwiderte sie. »Ich bin nämlich auch eine ganz coole Zauberin.«

Später, als sie erschöpft nebeneinander lagen, fragte sie: »Magst du mir ein wenig von dir erzählen? Wo kommst du her? Aus Hillesheim bist du nicht, dann hätte ich dich schon eher getroffen.«

»Ich bin aus der Gegend von Münster«, sagte er. »Mein Vater hat eine Schweinezucht, und ich tauge nicht zum Schweinezüchter. Ich dachte, ich hätte dir das beim letzten Mal schon erzählt. Na ja, ich habe Elektroinstallateur gelernt. Und irgendwann kam ich in die Eifel und lebe jetzt hier. Es ist eine schöne Gegend, nicht so platt wie bei mir zu Hause.«

»Hast du eine Wohnung?«

»Ja, habe ich. Nicht viel Platz, aber genug für mich. Und nimm deine Hand da weg, sonst passiert was.«

»Ich möchte ja, dass etwas passiert.«

»Du bist eine hungrige Frau!«, sagte er lächelnd.

»Das bin ich. Und wenn du schon damit angefangen hast, mich zu küssen, dann bitte etwas mehr südwärts.«

»Die Himmelsrichtung kannst du bestimmen«, sagte er undeutlich.

Irgendwann fragte sie: »Ich weiß gar nicht, ob es mich interessiert, aber wie alt bist du?«

»Sechsundzwanzig«, sagte er. »Ein Jahr jünger als du. Stört dich das etwa?«

»Überhaupt nicht. Und was hast du so mit deinem Leben vor?«

»Das weiß ich nicht genau. Ich denke manchmal, ich bin ein Familientier. Und manchmal denke ich, ich sollte besser allein bleiben. Das ist unkomplizierter. Aber wenn ich dich so ansehe, dann ist mir das Glück begegnet. Also jedenfalls glaube ich nicht mehr an die Einsamkeit.« Er grinste, und sie zündete ihm eine Zigarette an.

»Hast du Lust, mich mal zu Hause zu besuchen?«

»Oh ja«, sagte er gedehnt. »So lange du mich nicht mit deinen Eltern verkuppelst, ist das eine verdammt gute Idee.«

»Ich habe ziemlich häufig gute Ideen« sagte sie.

Sie trennten sich, als der Mond längst aufgegangen war und kein Baum mehr einen Schatten warf.

Mitte der Woche rief Gerlinde eine alte Freundin in Hillesheim an. Sie machte es kurz: »Bei euch da ist ein Typ zugezogen, Thomas heißt er. Sieht irre aus, ist Elektroinstallateur ...«

»Ja, ja, ja, kenne ich. Sieht wirklich klasse aus. Mit diesem drei-Millimeter-Bart, mit dieser irren Stimme. So sanft und gleichzeitig knallhart. Da kannst du als Jungfrau lange dran rummachen.«

»Also so was!« rügte Gerlinde. »Ich wollte nur wissen, wie der Typ so ankommt, was er drauf hat und so. Nichts Besonderes, wirklich nichts Besonderes.«

»Du klingst, als hättest du einen Engel getroffen. Okay, Engelchen, Schluss mit dem Schmus. Was willst du wissen?«

»Alles.«

»Okay. Ich ruf dich an.«

Sie rief am Freitag an, und die Botschaft, die sie brachte, war von ganz besonderem Reiz. Gerlinde schwieg, kommentierte das nicht, rief ihn stattdessen an und säuselte ganz sanft: »Hast du morgen schon was vor? Treffen wir uns bei mir?«

»Gut«, sagte er knapp. »Abends? Zwanzig Uhr?«

»Ja, ist recht«, sagte sie. »Ich freue mich!«

»Ich mich auch«, murmelte er sanft.

Er kam, er schellte im ersten Stock, sie war da, und sie sah bezaubernd aus.

»Das ist ja ein Riesenhof«, sagte er. »Milchkühe?«

»Ja«, nickte sie.

»Wie viele?«

»Zweihundertsechzig«, antwortete sie.

»Fantastisch!«, murmelte er.

»Warte, ich zeig dir den Betrieb.«

Sie schlenderten gemeinsam Händchen haltend durch die bäuerliche Welt, und Gerlinde zeigte ihm alles, was er wissen sollte und worauf sie so stolz war.

»Mein Vater hat das alles aufgebaut. Er ist der Mann meines Lebens, wenn du verstehst, was ich meine.«

»Ja, natürlich verstehe ich das. Und eine Käserei habt ihr?«

»Ja, eine richtige gute Käserei. Die macht meine Mutter. Zweihundert Laibe pro Woche, jede Geschmacksrichtung. Alter Käse, neuer Käse, Käse mit grünem Pfeffer, Käse mit Bärlauch, sogar Käse mit Kümmel. Und sie wird richtig wohlhabend dabei.«

»Wie schön«, sagte er. »Drei Zugmaschinen, wieso drei?«

»Braucht man einfach. Von sechzig PS bis sechshundert. Es fehlt an nichts. Aber das musst du doch eigentlich als Sohn eines Schweinezüchters kennen.«

»Oh ja, natürlich. Bloß: dieser Maschinenpark ist ja fast unheimlich. Da wird man als Kerl ja richtig wieder kleiner Junge.«

»Wie schön!« sagte sie. »Das hast du richtig hübsch gesagt.«

»Und diese Scheunen. Riesig. Und gleich drei davon.«

»Ja, die auf der rechten Seite ist ganz besonders alt. Und es ist meine Lieblingsscheune. Da habe ich als kleines Kind immer oben im Heu gesessen und mit Minka gespielt. Minka war meine Katze, alles meine Katzen hießen Minka. Es war so schön, es roch so schön. Und jetzt habe ich für die Scheunenspiele keine Zeit mehr. Weißt du, ich machte es so, dass ich von hinten an die Scheune ging. Da stand immer eine Leiter. Und ich dachte: Niemand weiß, wo ich bin, niemand sieht mich, niemand kann mir folgen. Aber meine Eltern wussten ganz genau, wo ich war. Sie hatten mir schließlich die Leiter da hingestellt. Guck mal da, das ist meine Leiter. Komm, wir steigen hoch, und ich zeige dir mein Traumreich.« Sie begann, die Leiter hochzusteigen, und er sah ihr nach, und er sah unter ihren Rock, und ihm wurde ganz schwindelig, bis er hinter ihr hochstieg.

Dann lagen sie im Heu, dann waren sie sehr gierig, dann ging es ihnen nicht schnell genug. Ihr Atem vermischte sich, und ihre Gier machte sie wild.

»Hey!« sagte sie hell, als er in die eindringen wollte. »Langsam, mein Lieber, nicht so hastig, mein Lieber, nimm Rücksicht auf eine alte Frau.«

»Ich bin ganz langsam und ganz vorsichtig, bis ich dir alles geben kann, was ich habe. Und alles soll dir gehören bis zum letzten Atemzug.«

»Nicht so dramatisch!« sagte sie plötzlich mit einer ganz metallen klingenden, scharfen Stimme. »Ach, Thomaslein, du mein liebes Thomaslein. Elektroinstallateur, ja?«

»Ja?« fragte er dagegen, und er hörte sich an, als habe er keine Zeit mehr.

»Du bist ein Hilfsarbeiter, nicht wahr? Und du bist arbeitslos, nicht wahr? Und du lebst auf Hartz vier, nicht wahr?«

»Häh?« machte er, weil ihm nicht anderes einfiel.

»Hast du denn deiner Frau auch gesagt, wo du heute Abend bist? Hast du ihr von mir erzählt? Und von dem Spaß, den wir beide miteinander hatten?«

Er sagte nicht mehr »Häh!«, er sagte gar nichts mehr.

»Und du bist auch nicht aus dem Münsterland gekommen. Du kommst aus Wanne-Eickel, und du bist schon seit vier Jahren arbeitslos, und dein Vater ist auch kein Schweinezüchter. Der ist nicht einmal Bauer, der ist Maurer. Warum nutzt du Menschen so aus? Findest du nicht, dass du ein Schwein bist?«

Er sagte nichts mehr, er konnte nichts mehr sagen. Er atmete mühsam.

Sie setzte sich hin. Sie setzte sich so, dass er vor ihr auf dem Heu saß, und sie legte ihm beide Hände auf die Schultern. Sie wiegte ihn vor und zurück, und er ließ das mit sich geschehen, weil er vollkommen überrascht war.

Dann sagte sie hart und bösartig: »Und grüß mir bitte deine drei kleinen Kinder!«

Mit beiden Füßen stieß sie ihn mit aller Gewalt vorwärts, und er rutschte auf der Heubahn ganz schnell bis zur Kante, verschwand dann, stieß einen gar nicht mal lauten Schrei aus, bis es platschte.

Stille.

Als die Mordkommission eintraf, als Kischkewitz aus dem Auto stieg und stinksauer war, weil dieser unbekannte Tote nach allen Sorten von Scheiße roch und außerdem hoch oben am Fahnenmast aus Aluminium hing, stellte man sich im Dorf die Frage: Wer ist das? Warum hängt der da oben? Und warum stinkt der so gewaltig?

»Also, junge Frau«, murmelte Kischkewitz. »Wieso hängt der am Mast?«

»Das weiß ich nicht«, antwortete Gerlinde brav. »Ich habe den mal flüchtig getroffen, weil man hier in der Eifel schließlich jeden mal flüchtig trifft. Der muss jedenfalls – also meine Eltern und ich denken das so – in der Scheune da drüben vom Heuboden gefallen sein. Und – Platsch – genau in die alte Jauchegrube, die wir immer noch benutzen. Aber wie der dann aus der Scheiße an den Fahnenmast von Papa gekommen ist, weiß ich nicht, kann ich nicht sagen. Fragen Sie doch mal meine Mutter.«

Frau Scholz feiert Jubiläum

von Sunil Mann

Sie haben es vergessen, eindeutig. Missmutig lässt du den Blick nochmals durch das Großraumbüro wandern. Du weißt, dass sie dich nicht ausstehen können. »Jungfer Scholz« nennen sie dich hinter deinem Rücken oder an weniger guten Tagen »die Drachenlady«. Die Flittchen mit ihren zu kurzen Röckchen, den zu roten Lippen, den zu hohen Stimmchen, die Kerle, die in den Pausen breitbeinig vor dem Eingang stehen und rauchen, wenigstens müssen sie jetzt raus dazu, ihr lautes, brünstiges Gelächter hast du noch nie gemocht.

Und er. Sitzt in seinem Büro, dem einzigen Raum, der vom Rest abgetrennt ist, und vertieft sich in irgendwelche Akten. Du siehst ihn durch die Scheibe an, er hebt den Kopf, zuckt zusammen, errötet, senkt den Blick, es ist ihm peinlich, er weicht dir aus, seit dem Wochenende in Daun. Vielleicht hättest du die E-Mail nicht schreiben sollen, doch jetzt ist es zu spät. Er hat sie bestimmt schon gelesen.

Wehmütig betrachtest du den massiven Briefbeschwerer, den dir der alte Eichenberger zum zwanzigsten geschenkt hat und der neben deinem Computer auf dem Schreibtisch thront, eine Nachbildung des Taj Mahal aus weißem Marmor, die er von einer Geschäftsreise nach Indien mitgebracht hat. Mehr hat für dich nie drin gelegen, da hat seine Frau schon aufgepasst. Aber immerhin hat er dein Jubiläum nicht vergessen. Eine Eistorte hat er spendiert und nach Büroschluss Sekt und Lachshäppchen für alle. Eine wohlverdiente Anerkennung für deine Dienste als Direktionssekretärin, fandest du.

Wenn einer weiß, wie der Laden läuft, dann bist du es, du hast alles im Griff, das weiß auch dein neuer Chef, der junge Eichenberger, der mit seinen dreiundfünfzig Jahren eigentlich gar nicht mehr so jung ist. Klein ist er, kleiner als du, und ein wenig dicklich, aber was soll's. Und unbeholfen ist er, mein Gott, ohne dich wäre der verloren, und er weiß das auch, deine energische, zielstrebige Art tut ihm gut, täte ihm auch privat gut, das hast du ihm alles geschrieben und noch viel mehr.

Und jetzt hat er das Jubiläum vergessen. Vor fünfundzwanzig Jahren standest du zum ersten Mal hier drin, eingeschüchtert, doch voller Ambitionen, hast dich im Verlauf der Jahre bis zum Chef heran gearbeitet, und als der vor lauter Bedrängnis starb, hast du dich bei seinem Nachfolger und Sohn unentbehrlich gemacht, und jetzt gibt's nicht mal einen Blumenstrauß, keinen Kuchen, keine zusätzlichen Urlaubstage. Nichts.

Du solltest dich um deine Arbeit kümmern, doch heute will dir das nicht gelingen, da ist diese Stimme in deinem Kopf, die dich an das Wochenende erinnert, die Tagung in Daun, zu der er dich spontan gebeten hat mitzukommen, nachdem er die irrtümliche und nicht mehr rückgängig zu machende Doppelbuchung im Hotel bemerkt hat. Der abendliche Ausflug im Firmenwagen, der Spaziergang am Immerather Maar, es war romantisch, der Sonnenuntergang, die ersten Sterne am Firmament, danach Wildschwein-Sauerbraten und Semmelknödel, eine Flasche vom lokalen Spätburgunder dazu, deine Rechnung ging auf, und als er zum ersten Mal »Rita« zu dir sagte, ergriffst du entschlossen seine Hand und zogst ihn an dich. Endlich, dachtest du, endlich.

»Diskret«, sagte er am nächsten Morgen, wolle er es angehen, und das passte dir überhaupt nicht in den Kram, du wolltest, dass es alle wissen, alle, die rotgelippten Flittchen, die rauchenden Kerle in ihren hellblauen Hemden, sie sollten wissen, dass du keine alte Jungfer warst. Dass du bald die Frau des Chefs sein würdest und entsprechend Respekt verdientest.

Doch stattdessen ging er es eben diskret an. Vermied jeden Körperkontakt, so sehr du dich auch über ihn beugtest, wenn du ihm Unterlagen auf den Schreibtisch legtest, zog seine Hand zurück, wenn du sie wie zufällig berührtest, sah dir kaum noch in die Augen. Errötete stattdessen und stammelte, schwitzte, manchmal widerte er dich richtiggehend an.

Und dann fing vor ein paar Tagen das mit Moni an. Vierundzwanzig Jahre und knapp doppelt so viele Kilos, sie könnte deinen linken Strumpf als Schlafsack benutzen. Diese Moni stöckelte plötzlich auffallend häufig in sein Büro und flüsterte vertraulich mit ihm, sie sahen dich manchmal dabei an, dann kicherte die Moni, und der Eichenberger kriegte rote Ohren, sie telefonierte für ihn, und dann kicherten sie wieder, es machte dich wahnsinnig, die Wut begann in dir zu lodern, eine wilde, unbeherrschte Wut, und du begannst dir auszumalen, was du ihr alles antun würdest und dann ihm.

Vier Uhr nachmittags, freitags gehen die meisten etwas früher, du taxierst sie mit einem strafenden Blick über den Brillenrand, sie grinsen nur frech. Der Eichenberger tritt an dein Pult heran, gibt dir einen weiteren Stapel Akten und murmelt: »Tut mir leid, das muss heute noch raus.« Du vertiefst dich darin, und dann merkst du, dass ihr plötzlich allein im Büro seid, die Moni eilt gerade aus der Tür. Der Eichenberger steht vor dir, er ist rot im Gesicht und schwitzt, wahrscheinlich wegen ihr, und dich packt wieder diese Wut.

»Ich habe Ihre Mail gelesen«, fängt der Eichenberger an, und du springst auf, das Herz trommelt dir gegen die Rippen. »Wissen Sie, Frau Scholz, Rita ... wie soll ich bloß anfangen ...« Die eine Hand hat er in der Jackentasche vergraben, verkrampft, als halte er sich an seinem Schlüsselbund fest. »Ich ... also wir ... ich meine die Moni und ich ...«

Nicht die! Du willst diesen Namen nicht hören, du weißt nur zu gut, was jetzt kommt.

»Wir haben zusammen ...« Die angestaute Wut fährt wie ein gleißender Blitz durch dich hindurch. Fünfundzwanzig Jahre lang warst du nur die Sekretärin, die ewige Zweite, fünfundzwanzig Jahre lang bist du zu Kreuze gekrochen, hast freiwillig Überstunden gemacht, hast dich geschminkt und zurecht gemacht, Diät gehalten, Unsummen für Kleider und Frisör ausgegeben, und endlich hat es sich gelohnt, endlich, du hattest das Ziel fast erreicht, und dann kommt diese Moni! Dieses Flittchen! Du denkst nichts mehr, da ist nur noch die blanke Wut, der jahrelange Frust. Du packst das erste, was dir in die Hände gerät, den marmorweißen Briefbeschwerer, und lässt ihn mit aller Kraft auf seinen Schädel niedersausen.

Wie benommen bleibst du stehen, seinen verblüfften letzten Blick noch vor Augen, dein Kleid ist voller Blut und eitergelber Hirnmasse, das Taj Mahal zerbrochen neben dem Eichenberger.

Und plötzlich sind da flackernde Kerzen. Moni steht in der Tür, die ganze Belegschaft hinter ihr, alle tragen alberne bunte Hütchen und rote Pappnasen, eine Riesentorte fällt wie in Zeitlupe zu Boden, in den hinteren Reihen wird noch nichts ahnend ein Spruchband in die Höhe gehalten, *25 Jahre Frau Scholz,* steht darauf, und dann beginnt jemand zu schreien. Du blickst nochmals zum Eichenberger, und jetzt erst siehst du, dass er etwas in seiner verkrampften Hand hält, eine Schachtel ist es, dunkelblauer Filz, goldenes Band, du erkennst den Juwelier, ohne dass du die Aufschrift lesen musst.

Der Rehrücken, die Tiefkühltruhe, mein Schwiegervater und ich

von Theo Pointner

Kann etwas Positives dahinter stecken, wenn an einem Samstagmorgen um halb vier plötzlich ein wildes Klopfen von der Haustür durch das Haus dröhnt? Und zwar in einer Lautstärke, die Tote lebendig werden lässt?

Nun, nicht wirklich. Ich habe an und für sich einen festen Schlaf, aber dieses erdbebenartige Getöse lässt mich erschrocken hochfahren. Ein, zwei Sekunden brauche ich, um mich zu orientieren. Ich liege im Wohnzimmer auf der Couch, das geblümte Kissen – ein Geschenk von Tante Hedwig zu unserer Verlobung – zusammengeknüllt unter den Kopf geschoben. Der Fernseher speit flimmernde Bilder in die Stube, gestern muss ich wohl, während der vierzehnten Wiederholung eines Westerns mit Clint Eastwood, unvermutet eingeschlafen sein. Nun, der Western ist längst vorbei, dafür läuft jetzt die Wiederholung einer dieser Renovierungs- und Einrichtungsshows.

Ein weiteres Mal fahre ich erschrocken zusammen, nicht nur wegen der neuerlichen Klopfattacke an der Haustür, sondern ob der Tatsache, dass ich vergessen habe, für Tina den Videorekorder zu programmieren. Sie liebt diese Shows, überfällt mich nach jeder ausgestrahlten Folge mit neuen Ideen, wie sie unser altes Fachwerkhaus umdekorieren möchte. Na ja, solange sie nicht auf die Idee kommt, unsere Gästetoilette in eine Tiefgarage zu verwandeln, soll es mir recht sein.

Endlich bin ich soweit erwacht, dass ich die langen Beine mühsam von dem Sofa nehmen und mich ächzend erheben kann. Mir tut jeder Knochen im Leib weh. Während ich langsam auf die Haustür zustolpere, dehne und strecke ich meinen Körper, um die verkrampften Muskeln aufzulockern. Ich öffne die Tür in dem Moment, in dem eine neue Serie Klopfzeichen beginnt.

»Morgen, Vater«, sage ich überrascht, als ich im nebligen Halbdämmerlicht die Gestalt, die für die Geräuschbelästigung verantwortlich ist, erkannt habe.

Statt mit einer Grußformel zu antworten, brummelt sich die gebeugte Gestalt undeutlich etwas wie »... wurde aber auch Zeit ...« in den Bart, tritt mit den verschlammten Gummistiefeln einmal gegen die Hauswand und stürmt in die Diele. Die verkrusteten Sohlen hinterlassen eine zentimeterdicke Schlammschicht auf dem Teppich. Ich wollte sowieso noch ordentlich sauber machen, bevor Tina am Montag zurückkommt.

Mein Vater ist nicht wirklich mein Vater, sondern der von Tina, meiner Verlobten. Als ich Tina das erste Mal sah, hatte ich das Gefühl, als schlüge der Allmächtige eine Schneise in den damals über dem Schützenplatz niedergehenden Dauerregen und sandte einen seiner Engel zu uns Unwürdigen hier auf der Erde. So wie sie da plötzlich vor mir stand, in ihrer engen Jeans und dem triefendnassen T-Shirt, war sie mir wie die Erfüllung eines jeden Männertraums vorgekommen. Ich stand augenblicklich zur Salzsäure erstarrt vor ihr, mein bereits halb geleerter Bierbecher füllte sich binnen weniger Sekunden bis zum Rand mit Regenwasser, während sie mich ihrerseits ebenfalls nicht aus den Augen ließ. Und endlich merkte ich, dass sie bei weitem von meinem Auftauchen nicht annähernd so fasziniert war wie ich von ihrem – ich stand ihr nur bei ihrem Versuch, sich vor dem Platzregen in das Festzelt zu retten, im Weg.

Nun, es hat dann doch irgendwann auch bei ihr gefunkt. Und selbst der Moment, in dem sie mir ihre Eltern vorstellte, hatte mich nicht dazu veranlasst, schreiend die Flucht zu ergreifen und meinen Wohnsitz von Gondenbrett nach Ruanda-Burundi zu verlegen.

Meine Schwiegermutter Lisbeth war eine liebenswerte Frau. Über meinen Schwiegervater konnte ich eigentlich auch nichts Negatives sagen. Außer vielleicht, dass wir, seitdem Tina ihn und mich aufeinander losgelassen hatte, höchstens hundert Worte miteinander gesprochen hatten. Das ergab pro Jahr immerhin einen Schnitt von dreiunddreißig ein Drittel Worte. Denken Sie aber nicht, dass wir den Kontakt auf ein Minimum beschränkt hatten. Er ignoriert mich einfach nur, wenn Tina und ich bei Schwiegerelterns zu Besuch sind oder umgekehrt.

Wie ich anhand der nur unwesentlich kleiner werdenden Dreckfährte entnehmen kann, hat mein Besuch inzwischen die Küche erreicht. Als ich ebenfalls dort eintreffe, hat er wie selbstverständlich den Kühlschrank geöffnet und klaut gerade meine letzte Flasche Bier.

»Möchtest du keinen Kaffee?«, frage ich.

Ein stummes Kopfschütteln, dann zieht er einen metallisch schimmernden Gegenstand aus seiner Wildlederhose. Sein Jagdmesser. Er klemmt die stumpfe Seite der Schneide unter den Kronkorken und gleich darauf nimmt er einen herzhaften Schluck.

»Bedien dich nur«, meine ich seufzend und schlendere zur Kaffeemaschine. Der Adrenalinschub über den unverhofften Besuch ebbt gerade ab, ich spüre wieder, wie schwer meine Augen sind.

»Du musst mir helfen«, knurrt Schwiegerpapa über seine Bierflasche hinweg.

»Ich?«, frage ich zur Sicherheit nach. »Wobei könnte ich dir helfen?«

Ein Großteil der bisher meiner Person gegönnten hundert Worte hatte Schwiegervaters Abneigung gegen meinen Beruf zum Inhalt. Für ihn sind Verwaltungsmenschen schlicht nichts anderes als überflüssige Drehstuhlpiloten.

»Weißt du noch? Letzten Sonntag das Gewitter?«, wechselt er anscheinend das Thema.

»Natürlich. Was war damit?«

»Der Strom war weg. Irgendwo hat der Blitz reingeknallt, die Sicherung war raus.«

Gähnend stopfe ich eine Filtertüte in die Kaffeemaschine und schaufele etwas von dem Kaffeepulver hinein. »Na und?«

»Hab sie wieder reingedrückt.«

Das Wasser folgt, ich werfe die Maschine an, das rote Lichtlein neben dem Einschaltknopf glüht auf.

»Dann ist ja alles in Ordnung«, wende ich mich an den Mann hinter der Bierflasche.

»Eben nicht. Hab vergessen, dass die Kühltruhe an einer extra Sicherung hängt.«

»Und?«, dränge ich auf eine Fortsetzung.

»Der Rehrücken ist versaut.«

Von der Kaffeemaschine wabern die ersten aromatischen Wölkchen herüber, trotzdem reicht die Aussicht auf eine Ladung Koffein noch nicht aus, damit ich aus den Wortfetzen schlau werde.

»Und wo ist jetzt das Problem? Kauf doch einfach einen Neuen.«

Schwiegervater lässt die Flasche, die gerade auf dem Weg zu seinem Mund war, wieder sinken. Dabei sieht er mich an, als hätte ich ihn geohrfeigt.

»Das merkt Lisbeth doch. Und nächstes Wochenende ist Präsidiumstreffen von der freiwilligen Feuerwehr. Dafür braucht sie den doch immer.«

Sehnsüchtig schiele ich auf den sich nur langsam vermehrenden Inhalt der Glaskanne. Noch reicht es nicht für einen ganzen Becher. Plötzlich erwacht in mir jedoch ein schwerer Verdacht. »Du warst ihm Wald, stimmt's? Um ein Reh zu schießen.«

Die Bierflasche findet wieder ihr Ziel, ich höre den Gerstensaft durch die Kehle meines Besuchers gluckern.

»Vater, es ist Schonzeit!«, schimpfe ich ihn aus, aber mit dieser Aussage verrate ich ihm keine Neuigkeiten.

»Hilfst du mir?«, fragt er, nachdem das Bier geleert ist. »Ich schaffe das nicht alleine.«

Empört will ich ihm sagen, er soll sich zum Teufel scheren und mich mit seiner Wilderei in Ruhe lassen – da halte ich jedoch inne.

Was, wenn das hier nur ein Test ist? Wenn er sich in seinem verschrobenen Kopf vorgenommen hat, mal auszuprobieren, was für ein Kerl sein Schwiegersohn in spe wirklich ist?

Unschlüssig wippe ich auf den Fußballen und versuche, in Windeseile die Situation zu überdenken. Klar, irgendetwas in dieser Art wird es sein. Tina und ich haben in den letzten Wochen einige Male von Hochzeit gesprochen, der Alte hat garantiert was mitgekriegt und will mir jetzt auf den Zahn fühlen. Und dabei bietet es sich natürlich an, dass Tina und ihre Mutter zehn Tage zusammen in Urlaub gefahren sind.

»Ach, was soll's«, seufze ich. »Lass mich einen Kaffee trinken und dann holen wir das Vieh.«

»Keine Zeit, bald wird es richtig hell«, übernimmt er sofort das Kommando. »Zieh dir was Wasserdichtes an, dann fahren wir sofort.«

Die Rüttelei in Schwiegerpaps Geländewagen schlägt mir auf den Magen, ich habe das Fenster heruntergedreht, um Frischluft einzulassen; doch die feuchtkalte Mischung aus Nieselregen und Nebel erinnert mich nur daran, dass ich eigentlich noch mindestens drei bis vier Stunden schlafend im warmen Bett verbringen wollte.

Wir rumpeln über die Landstraße von Gondenbrett in Richtung Prüm, doch anstatt tatsächlich den Ort anzusteuern, biegt mein Chauffeur auf die L17 nach Niedermehlen ab. Einen Moment überlege ich, mal nachzufragen, wo die Reise hingeht, doch da ich weiß, dass die Antwort allerhöchstens aus einem weiteren Knurren bestehen wird, spare ich mir das.

Dank der frühen Tageszeit sind wir allein auf der Straße, seit Mitte der Woche ist das Autofahren hier eine Katastrophe. Im gut und gern zwanzig Kilometer entfernten Bitburg findet doch diese Konferenz der NATO-Staaten statt, man kennt das ja, Sicherheitsvorkehrungen, Straßensperrungen noch und nöcher, nur weil sich so ein paar Staatsoberhäupter auf unsere Kosten das gute Eifelbier durch die Kehlen laufen lassen. Und wegen der Staus sind die sonst so beschaulichen Eifelsträßchen tagsüber verstopft.

Paps lenkt den Jeep plötzlich brutal auf einen Forstweg. Erschrocken fahre ich aus meinem Halbschlaf hoch, als Zweige kratzend über den Lack fahren. Wir sind irgendwo in der Taiga des deutsch-belgischen Naturparks, fragen Sie mich bitte nicht, wo genau.

Paps fährt – für die Sicht- und Straßenverhältnisse – Höchstgeschwindigkeit, ich meine, dass wir an einem anderen abgestellten Wagen vorbeidonnern, doch bevor ich mich umsehen und vergewissern kann, zieht der Jeep in eine scharfe Linkskurve, dann geht es einen Moment kräftig bergab, schließlich tritt Paps kraftvoll auf die Bremse und bringt den Anderthalbtonner zum Stehen.

»Und wenn einer kommt?«, frage ich scheu, langsam wird es mir bei dem Gedanken an die vorsätzliche Beseitigung des gewilderten Tierkörpers etwas schwammig um die Knie.

Doch Paps ignoriert mich, steigt aus dem Wagen, stiefelt zum Heck und reißt die rückwärtige Tür auf. Als ich ebenfalls aus dem Wagen in die Kälte klettere, kommt er schon wieder nach vorn und drückt mir einen Spaten in die Hand. Anschließend zeigt er unverbindlich mit dem Kopf eine Richtung an und stiefelt entschlossen los.

»Hey, sag mal, was soll ich denn mit dem Spaten?«, rufe ich ahnungslos und wetze Paps hinterher. Für meinen Geschmack ist die Grenze des Tests allmählich erreicht.

»Siehst du gleich«, brummt er zurück. »Wir sind sofort da.«

Paps hat für einen Mann seines Alters – immerhin ist er schon Anfang siebzig, Tina war wohl der letzte erfolgreiche Schuss, den er bei Schwiegermutter gelandet hat – ein erstaunliches Tempo drauf. Ich muss mich sputen, um ihn nicht aus den Augen zu verlieren. Er dringt immer weiter in den Wald ein, ich höre seine stampfenden Schritte mehr als dass ich ihn sehe; und plötzlich renne ich fast von hinten in ihn rein.

»Da«, bemerkt er. »Das da muss weg.«

Ich reibe mir die ramponierte Nase, mit der ich zwischen Paps Schulterblättern aufgefahren bin und sehe ihm dann über die Schulter. Nur langsam können meine Augen in der Dunkelheit Einzelheiten ausmachen. Nach einem erlegten Reh sieht dieser Klumpen auf der Erde allerdings von Beginn an nicht aus.

Doch als ich verstehe, was da eigentlich auf dem Waldboden liegt, werden meine Knie endgültig weich.

»Paps, sag mir, dass das nicht wahr ist«, stammele ich entsetzt.

»Der Schuss ist von alleine losgegangen«, erklärt er leise. »Ich hab die gar nicht gesehen.«

»Ja bist du denn wahnsinnig«, entfährt es mir. »Wir müssen ... wir müssen die Polizei ...«

»Gar nichts müssen wir«, unterbricht er mich barsch. »Es ist doch noch Schonzeit! Wie soll ich denn erklären, dass ich hier mitten in der Nacht mit meiner Flinte unterwegs war?«

Irgendwie gelingt es mir, mich an einem Baum festzukrallen.

»Paps, du hast zwei Menschen erschossen! Da ist es doch egal, ob Schonzeit ist oder nicht!«

Seine Augen starren verärgert zu mir herüber. »Meinst du, ich hätte das extra gemacht?«, faucht er.

Mir wird schwindelig, wenn ich nicht den Baum im Arm hätte, säße ich längst auf dem feuchten Waldboden. Keine fünf Meter von mir entfernt liegen die Leichen eines Mannes und einer Frau. Und bei Paps hört sich das Ganze so an, als hätten wir es hier mit einem Fall von minderschwerer Sachbeschädigung zu tun.

»Und was willst du jetzt machen?«, krächze ich atemlos.

»Hast du den nicht erkannt?«

»Wen?«

»Na den Kerl da. Das ist doch dieser Binsfeld ... der aus dem Bundestag. Der von den Sozis.«

»Woher weißt du das?«, wimmere ich.

Statt eine Antwort zu geben lässt Paps seine Taschenlampe aufleuchten. Der Strahl der Lampe fällt auf die leblosen Körper und enthüllt Details, auf die ich lieber verzichtet hätte.

»Siehst du?«, fragt Paps. »Ganz klar Binsfeld. Und weiß doch jeder, dass der hinter allem her ist, was ´nen Rock anhat.

Hat sich bestimmt 'ne Nutte mitgenommen, der geile Bock. Wegen dem ist es nicht schade.«

Ich kann ja verstehen, dass Paps als Mitglied einer großen konkurrierenden Partei nicht in Trauer über den Tod des politischen Gegners ausbricht, aber tröstlich ist dieser Umstand allemal nicht. »Wie ist denn das alles passiert?«, höre ich mich fragen

»Ich bin hier auf dem Weg zum Hochsitz, da hör ich plötzlich neben mir Stimmen. Als ich mich erschrocken umdreh, komm ich ins Stolpern, und da hat sich ein Schuss gelöst. Hat die beiden voll getroffen.«

»Nur ein Schuss?«

Paps keckert leicht, bevor er antwortet. »Die hat wohl vor dem gekniet. Siehste doch, vom Kopf ist fast nix mehr da.«

Wie zur Bestätigung richtet er wieder die Lampe auf die Szenerie. Und tatsächlich, die Frauenleiche reduziert sich fast auf einen Torso, MdB Binsfelds Verletzungen konzentrieren sich auf den Bereich zwischen Unterbrauch und Leiste. Hätte Paps nicht das durchschlagkräftigste Schrot genommen, wäre das alles wohl glimpflicher abgegangen.

Während ich mich nach wie vor krampfhaft an meinen Baum klammere, umfasst mein Schwiegervater mannhaft seinen Spaten und beginnt, den Waldboden umzurühren. Mit einem kräftigen Ruck reißt er einen gewaltigen Brocken Erde hoch, wirft ihn beiseite und setzt seine Grabungsarbeiten fort.

»Was wird das?«, frage ich zitternd

»Die können wir doch nicht liegen lassen«, lässt mich Paps wissen. »Hilfst du mir jetzt endlich?«

»Helfen? Wobei?«

»Ein Loch zu graben, Blödmann. Wir können die doch nicht so liegen lassen.«

»Du willst ...«, stammele ich fassungslos.

»Hör zu«, entgegnet mir Paps. »Das hier war ein Unfall. Hilfst du mir jetzt hier sauber rauszukommen? Wo du doch schon fast zur Familie gehörst?«

Mein Mund steht zentimeterweit auf, ich spüre, wie sich ein kieksender Laut aus meiner Kehle löst, den Paps offensichtlich als Zustimmung auffasst. Jedenfalls nickt er kurz und gräbt eifrig weiter.

Insgeheim warte ich darauf, dass mich jemand weckt, dass ich ein nasses Handtuch ins Gesicht geschleudert bekomme, dass mich eine barsche Krankenschwester nach einer Not-OP aus der Narkose erweckt. Aber nichts dergleichen geschieht, ich klammere mich immer noch an meinen Baum, der Spaten liegt zu meinen Füßen und Schwiegerpaps buddelt ein Grab für seinen Jagdunfall.

Als säße ich in einem Kino, beobachte ich mich scheinbar selbst, wie ich meinerseits den Spaten zur Hand nehme und ebenfalls zu graben beginne. Paps grummelt mir anerkennend zu, ich steigere meine Anstrengungen, als könne ich mit unbändigem Muskeleinsatz diesem Albtraum ein Ende bereiten.

»Das reicht«, befiehlt Paps nach mehrminütiger Buddelei. »Die beiden passen jetzt rein. Willst du die Füße oder oben?«

»Die Füße«, entfährt es mir.

Paps entledigt sich seines Spatens, spuckt theatralisch in die Hände und nähert sich mit stampfenden Schritten den beiden leblosen Körpern. Die Wolken haben sich zwischenzeitlich verzogen, der Vollmond spendet zwar bleiches, doch recht kraftvolles Licht, so dass wir auf die Taschelampen verzichten können.

»Bei drei«, befiehlt Paps, tritt hinter die Leiche des Mannes und packt an den Aufschlägen der Jacke kräftig zu. In meinem Magen grummelt es, als ich mit zitternden Fingern an Binsfelds Knöchel fasse. Das tote Fleisch unter dem Stoff fühlt sich eiskalt und taub an.

Mit möglichster Sorgfalt befördern wir die Leiche in das provisorische Grab, Binsfelds Kopf ruckelt ein wenig über den lockeren Waldboden, bis er seine endgültige Parkposition erreicht hat. Leicht schief auf den Schultern sitzend scheint mich der Kopf vorwurfsvoll anzustarren, ich wende mich schnell ab, um nicht restlos wahnsinnig zu werden.

Als Nächstes holen wir die Leiche der Frau. Das Schrot hat den Kopf fast völlig zerstört, dennoch scheint der Rest des Körpers mehr Gewicht zu haben als der hagere Politiker. Die Figur der Frau ließe sich getrost als füllig oder untersetzt bezeichnen, die elegante uns sicherlich sündhaft teure Kleidung kaschiert bestens die überflüssigen Fettpölsterchen. Trotzdem, für eine Dame des käuflichen Gewerbes scheint das Äußere eher unterdurchschnittlich gewesen zu sein; vielleicht lagen ihre Qualitäten ja auf gänzlich anderen Gebieten.

Während der paar Schritte des Transports bemerke ich, dass der Frau etwas Glitzerndes aus der Tasche der Kostümjacke fällt. Mit einer letzten Kraftanstrengung befördern wir den toten Körper auf Binsfeld, dann greift sich Paps bereits wieder den Spaten.

Meine Augen huschen suchend über den Boden. Da, wusste ich es doch. Ein Handy.

Das Mobiltelefon verschwindet in meiner Jeans, dann helfe ich Paps, die beiden Körper mit Erde zu bedecken. Natürlich bleibt ein gewaltiger Haufen Erdreich übrig, was nicht zum Verscharren der Leichen benötigt wird, verteilen wir mit den Spaten in der Gegend. Schließlich noch etwas Laub über den kleinen Hügel, dann sind wir fertig.

Das Grab liegt wenigstens ein kleines Stück abseits des nächsten Weges, wenn man nicht direkt darüber stolpert, ist unser kleines Geheimnis hier gut aufgehoben.

Paps schnauft kräftig durch, schultert seinen Spaten und deutet mit dem Kopf in die Richtung, aus der wir gekommen sind.

»Ab nach Hause. Bist doch ein richtiger Mann.«

Bei jeder anderen Gelegenheit hätte ich mich über Schwiegervaters Kompliment gefreut, doch im Moment rauschen mir tausend Dinge gleichzeitig durch den Kopf. Kommen wir damit durch? Ist das Mord oder Totschlag? Komme ich wegen Beihilfe dran? Werden mir mildernde Umstände zugesprochen? Und sollte man sich in Gefängnisduschräumen wirklich nicht nach der Seife bücken?

Schwiegervater ist schon auf dem Rückweg zum Auto, als ich mich ebenfalls in Bewegung setze. Nach den ersten Schritten krame ich das Handy vor. Muss ein neues Model sein, so eins hab ich bisher noch nie gesehen. Es ist ausgeschaltet. Ohne größere Erwartungshaltung drücke ich auf den Tasten herum, als plötzlich das Display zum Leben erwacht.

Eine kleine Sanduhr überbrückt die Wartezeit, die das Mobiltelefon benötigt, um betriebsbereit zu werden. Dann wechselt das Display, statt der Sanduhr erscheint die Deutschlandfahne als Hintergrundbild, gleichzeitig erklingt eine liebliche Melodie als Begrüßungsliedchen.

Halt ... Moment ... was ist das? Da ist etwas auf der Fahne. Und die Melodie kommt mir entfernt bekannt vor. Die spielten sie doch immer ... ja genau, bei Olympia, wenn wieder welche aus der DDR unseren Leuten die Medaillen weggeschnappt hatten. Wie ging noch mal der Text? War das nicht *Auferstanden aus Ruinen und der Zukunft zugewandt* ...? Und das da auf der Fahne ... Richtig, das sind Hammer und Zirkel.

»Mach das Radio aus«, blökt Paps und bleibt wütend stehen.

»Das ist kein Radio, sondern das Handy von der Frau«, antworte ich patzig.

»Na und? Mach hier nicht so einen Lärm.«

Die Hymne verstummt, die Beleuchtung des Displays verschwindet. Mich wundert ein bisschen, dass das Handy nicht mit einem Pincode gesichert ist – aber wahrscheinlich hat die Frau ihr Telefon nie einem anderen anvertraut.

»Vielleicht finden wir darin ja was, damit wir wissen, wer die Frau war«, plappere ich beim weitergehen.

»Ne Nutte war's, hab ich dir doch schon gesagt.«

»Das ist doch Blödsinn. Nur weil die mit einem von der SPD ...«

Weiter komme ich nicht, denn das Handy piepst wieder los. Erschrocken sehe ich auf das Display, eine Mitteilung blinkt auf.

»Junge, Junge«, murmele ich. »Siebenundzwanzig entgangene Anrufe.«

»Siehste«, triumphiert Paps. »Die ist schwer im Geschäft.«

Neugierig geworden wähle ich das elektronische Telefonbuch des Handys an. Die ersten drei, vier Namen sagen mir nichts, doch dann werden meine Augen so groß wie Untertassen.

»Ach du Scheiße«, entfährt es mir. »Weißt du, wen die hier drinstehen hat? George Walker Bush«.

»Wen?«, fragt Paps gedehnt.

»Ja, diesen Amipräsidenten.«

»Du spinnst!«

Meine Finger fliegen über die Tasten, die Liste der Einträge rauscht an mir vorbei. Mein Sprachzentrum macht sich selbstständig und murmelt hin und wieder einige Namen laut mit.

»Beck ... Brown ... Sarkozy ... Putin ... Stoiber ... Tante Westerwelle ...«

»Jetzt weiß ich's«, behauptet Paps. »Das sind Tarnnamen. Für ihre ganzen Kunden. Eine ganz Raffinierte war das. War bestimmt so eine Edelnutte, mit prominenter Kundschaft. Und damit das diskret bleibt, hat sie diese ganzen Politikernamen genommen. Dieses Biest.«

»Binsfeld war immerhin auch Politiker«, wage ich einzuwenden.

»Na und? Vielleicht hat sie ja auch den Papst drin. Das war doch früher schon Methode bei der Stasi, das mit den ganzen Decknamen ...

Sicherheitshalber schaue ich nach. »Nein, keine Nummer vom Papst.«

»Komm jetzt«, befiehlt Paps. »Und mach das Teil wieder aus. Am besten schmeißt du das gleich irgendwo weg. Wir sollten machen, dass wir nach Hause kommen.«

Endlich ein vernünftiger Vorschlag.

Ich schalte das Handy wieder aus und beschleunige meine Schritte, Schwiegervater hat bereits einen beachtlichen Vorsprung. Es dauert nicht lange, dann haben wir den Geländewagen wieder erreicht. Die Heckklappe fliegt auf, die Spaten landen auf der Ladefläche. Ich nehme das Handy zur Hand, schlage mit dem Absatz eine kleine Kuhle in den Boden und lege das Telefon hinein. Dann scharre ich Erde darüber und trete den Klumpen fest. Ohne Metallsuchgerät findet das garantiert niemand wieder.

Ich nehme auf dem Beifahrersitz Platz, die Autotür klappt hinter mir zu, ich atme tief durch. Immer noch kommen mir die letzten zwanzig, dreißig Minuten unwirklich vor, als hätte ich eine außerkörperliche Erfahrung gemacht. Vielleicht geschieht es ja doch noch, dass ich, wenn Paps über eine Bodenwelle oder einen dicken Ast fährt, der auf der Straße liegt, in meinem gemütlichen, warmen Bett aufwache.

Doch vorerst ist alles so realistisch, dass ich im Prinzip genau weiß, dass es kein Traum sein kann. Das Schnaufen meines Schwiegervaters, als er sich auf den Fahrersitz wuchtet, das Klacken des Anlassers, als er den Schlüssel in die Lenksäule rammt, das Brummen des Diesels, der rappelnd wieder zum Leben erwacht, der Schwall feuchtwarmer Luft, der aus den Lüftungsschlitzen dringt ... Nein, das kann wirklich kein Traum sein.

Paps legt den Rückwärtsgang ein, wendet geschickt den Wagen und tritt das Gaspedal kräftig durch. Nach und nach bahnt sich das erste, morgendliche Zwielicht seinen Weg an den Himmel, einzelne Nebelschwaden sind nun deutlich zu erkennen. Vielleicht noch eine gute Viertelstunde, dann bin ich wieder zu Hause. Wenn wir Glück haben, werden wir auf der Straße noch nicht einmal gesehen, Samstags beginnt der Verkehr immer einige Stunden später als innerhalb der Woche.

Wir haben das Ende des Forstweges bald erreicht, wir passieren gerade wieder die am Rand abgestellte Limousine. Ich gönne dem anderen Auto einen flüchtigen Blick und starre dann wieder auf den Waldweg. Erst nach etlichen Metern wird mir dieses ungewöhnliche Detail bewusst.

»Hast du das gesehen?«, frage ich Paps.

»Was?«

»Der Wagen. Was der vorne auf dem Kotflügel montiert hatte?«

»Klar, das war 'ne Deutschlandfahne. Die WM ist ja schon lange vorbei, aber ein paar Idioten gibt's halt immer noch.«

»Von wegen WM«, stoße ich hervor. »Das war kein einfaches Deutschlandfähnchen auf einem Plastikstiel, das war die Bundesdienstflagge. Mit dem Adler drauf. Eine Standarte!«

»Erzähl nicht so einen Quatsch«, ermahnt mich Paps. »Das hat dich alles ein bisschen mitgenommen. Ich mach das Radio an, ein wenig Musik bringt dich vielleicht auf andere Gedanken.«

Ich will protestieren, aber der alte Mann am Steuer ist schneller. Ein sanfter Druck auf einen Sensor auf dem Lenkrad und schon flammt das Display des Kurzwellengeräts grellbunt auf.

»... keine neuen Hinweise«, dröhnt die Stimme eines besorgt klingenden Nachrichtensprechers aus den Lautsprechern. »Sie war gestern nach einem Empfang im Rahmen des NATO-Gipfels in Bitburg gegen zweiundzwanzig Uhr dreißig in ihr Hotel aufgebrochen. Gegen drei Uhr heute früh stellten die zuständigen Sicherheitsbeamten das Fehlen eines Fahrzeugs der Fahrbereitschaft fest. Wie aus gut unterrichteten Regierungskreisen zu vernehmen war, stellte man im Zusammenhang mit dem daraufhin durchgeführten Sicherheitscheck fest, dass ihr Hotelzimmer leer war. Seitdem blieben alle Versuche, die Regierungschefin aufzufinden, beziehungsweise zu erreichen, erfolglos. Ursprünglich war ihr Eintreffen auf dem NATO-Gipfel erst für heute geplant. Eiligst konsultierte Terrorexperten des BKA gehen indes nicht von einem Anschlag aus ...«

Mit eiskalten Fingern drehe ich dem Radiomann den Ton ab, mein Blick wandert flackernd zu Paps. Der sitzt nach wie vor konzentriert hinter dem Steuer und lenkt den Wagen gerade vom Waldweg zurück auf die befestigte Straße. Allerdings entdecke ich einige Sorgenfalten auf der Stirn.

»Hast ... hast du das gehört?«, beginne ich mühsam.

»Natürlich«, entgegnet er knapp.

»Weißt du, was das heißt?«, entfährt es mir mit schriller Stimme. »Die Kanzlerin ist verschwunden. Hier. In der Eifel.

In dieser Nacht. Mit einem Wagen der Fahrgemeinschaft. Herrgott, wir sind erledigt.«

Paps legt mir beschwichtigend seinen Arm auf den Ellbogen und schüttelt einmal leicht den Kopf. »Mach dir keine Sorgen«, rät er mir. »Besser kann es doch gar nicht für uns laufen.«

»Wieso das denn?«, kreische ich.

»Na, wenn hier alle Welt die Kanzlerin sucht ...«

»Was ist dann?«

»Dann interessiert sich doch kein Aas für unsere tote Nutte.«

Aussichtslos

von Klaus Stickelbroeck

»Mist!«

Ich nahm den letzten Absatz zur hölzernen Aussichtsplattform. Der Typ im dunklen Anzug hatte sie nur knappe fünf Sekunden vor mir betreten. Er war nicht wegen der einzigartigen Aussicht über die herrlichen Eichenwälder der Rureifel hier und stand schon mit einem Fuß auf dem Geländer. Böiger Wind klatschte mir ins Gesicht.

»Heh!«, rief ich.

Er reagierte nicht, sondern schwang sein rechtes Bein über die Brüstung.

»Heh!«, wiederholte ich und trat auf ihn zu.

»Bleiben Sie weg, verdammt«, zischte er.

Der Wind wirbelte seine Haare durcheinander. Er sah mich mit ausdruckslosen, wässrig-schläfrigen Augen an.

»Machen Sie keinen Mist, Mann! Steigen Sie da runter!«, forderte ich ihn mit eindringlicher Stimme auf.

Er hielt einen Moment inne. Wir beide waren alleine auf der Plattform. Ich trat drei Meter entfernt von ihm an die Reling und sah an der dreieckigen Holzkonstruktion des Boosener Aussichtsturmes herunter. Auf dem mit alten Wackersteinen ausgelegtem Asphalt unter uns war ebenfalls niemand zu sehen. Gute acht Meter war der Turm hoch.

Wenn er sich geschickt anstellte, konnte das reichen.

»Mischen Sie sich nicht ein! Lassen Sie mich!«, krächzte er mit heiserer Stimme gegen den Wind und zog sein zweites Bein bis an die Reling.

Verdammt. Der würde springen. Keine Frage! Ich griff nach hinten in meinen Hosenbund, wo meine Knarre einsatzklar steckte. Zu gefährlich – bevor ich abgedrückt hätte, wäre der längst unten aufgeschlagen. Ich nickte mit dem Kopf über die Brüstung nach unten:

»Mensch, denken Sie doch mal an die Familie da unten. Die müssen ihren Sprung ja nicht unbedingt mitbekommen!«

Er hielt inne.

»Welche Familie?«

Und schaute für den Bruchteil einer Sekunde nach links. Ich sprang auf ihn zu. Er zuckte zusammen, wollte abspringen, aber ich bekam seine Anzugjacke zu fassen, riß ihn von der Reling runter und drückte ihn auf den Holzboden.

Er schnaufte.

»Verdammt, was mischen Sie sich ein? Hauen Sie ab!«

Ich drehte ihn auf den Bauch und drückte ihn mit einem Haltegriff fest auf den Boden.

»Ich will nicht, dass Sie springen!«

»Was haben Sie mit mir zu tun? Mein Leben ist verpfuscht. Meine Frau betrügt mich, mein Job ist weg. Das ist allein meine Entscheidung.«

Da lag er falsch. Ich erklärte es ihm:

»Ihre Frau möchte nicht, dass Sie sich umbringen!«

Er drehte den Kopf zur Seite und runzelte die Stirn.

»Meine Frau?«

»Sie weiß schon seit einiger Zeit, dass Sie sich umbringen wollen. Nachdem Sie am vergangenen Wochenende ihren Job verloren haben, hat Ihre Frau mich engagiert, um Sie davon abzuhalten, sich zu erschießen, sich zu vergiften oder irgendwo runter zu springen.«

»Meine Frau will nicht, dass ich mich umbringe?«

»Exakt.«

Er sackte in sich zusammen.

»Das ... das hätte ich nicht gedacht. Meine Frau? Ich dachte, ich bin ihr gleichgültig.«

Ich grinste. »Auf keinen Fall!«

»Dann liebt sie ...«, flüsterte er und ein verlorenes Glänzen kehrte in seine wässrigen Augen zurück.

Ich warf einen Blick nach oben in den heftig tobenden Himmel über uns. Der Wind blies eine dunkelschwarze Wolke auf uns zu. In wenigen Sekunden würde ein Regenguß allererster Klasse über uns hereinbrechen.

»Dann ... dann liebt sie mich noch.«

Keine falschen Schlüsse! Ich seufzte und murmelte: »Das würde ich so nicht sagen.«

Er blinzelte von unten zu mir hinauf.

»Ich verstehe nicht...«

»Ihre Frau fürchtet wie gesagt, dass Sie sich was antun. Sie haben seinerzeit eine Lebensversicherung abgeschlossen, die bei Suizid nicht greift.«

Ich griff mir hinten in den Hosenbund, brachte die neun Millimeter nach vorne und zielte mit meiner Knarre samt Schalldämpfer auf den imaginären Punkt zwischen seinen entsetzt aufgerissenen Augen.

»Auf dieses Geld möchte Ihre Frau nicht verzichten. Und bei Mord zahlt die Versicherung.«

Knöllchen-Jupp

von Erika Kroell

Er ist aus irgendwelchen Gründen von der Straße abgekommen und den Abhang runtergestürzt«, sagte Kommissar Gillessen zu seinem jüngeren Kollegen Wehner und sah der Spur nach, die der Wagen auf der steilen Böschung hinterlassen hatte. Eine Schneise aus plattgedrückten Sträuchern und Büschen ließ keinen Zweifel offen, welchen Weg das Auto genommen hatte: Am Ortsausgang in Richtung Kreuzberg, direkt aus der Kurve in den Abgrund.

Jetzt lag der Wagen am Fuß des Abhangs auf der Seite, und zwei Feuerwehrleute versuchten, die eingedrückte Fahrertür aufzustemmen. Mehrere Sanitäter und ein Notarzt standen bereit, sich um den Fahrer zu kümmern, aber die beiden Polizisten wussten bereits, dass das vergeblich sein würde. Der Mann hatte kein Lebenszeichen mehr von sich gegeben.

»Ruf den Abschleppwagen«, sagte Gillessen. »Ich spreche mit den Zeugen.«

Er trat auf zwei ältere Frauen zu, die die Arbeit der Feuerwehrleute beobachteten, und stellte sich vor.

»Sie haben den Unfall gesehen?«

Beide nickten. »Ja. Wir gingen spazieren, wissen Sie, Herr Kommissar, und da brach auf einmal das Auto durch die Büsche und überschlug sich ein paar Mal und landete dann hier unten. Ich hab mir vor Schreck fast in die Hose gemacht.«

Gillessen nickte. »Sagen Sie mir bitte erstmal Ihre Namen.« Er zog einen Notizblock hervor.

»Also, ich bin Karla Knieps, und das ist meine Freundin und Nachbarin Maria Heckermann.« Karla schien eindeutig die Wortführerin zu sein.

»Ich hab die Bäckerei an der Kirche«, setzte sie hinzu. »Sie waren auch schon mal in meinem Laden.«

Gillessen erinnerte sich. Er arbeitete noch nicht lange auf der hiesigen Dienststelle und war erst in wenigen Läden im Ort gewesen.

»Haben Sie versucht, dem Fahrer zu helfen?«

Karla schüttelte den Kopf. »Nee, wir hatten Angst, das Auto könnte explodieren. Das kennt man ja aus dem Fernsehen. Wir haben direkt die 110 angerufen.«

Gillessen nickte wieder. »Ist Ihnen irgendetwas Ungewöhnliches aufgefallen?«

Maria schüttelte nur den Kopf. Karla runzelte die Stirn. »Meinen Sie, noch etwas Ungewöhnlicheres als ein Auto, das einen Abhang runterstürzt? Nein, nichts.«

Gillessen sah, dass die Feuerwehrleute die Tür aufgestemmt hatten, bat die Frauen, sich später auf der Dienststelle zu melden und wandte sich dem Unfallwagen zu.

Die Sanitäter zogen den Fahrer aus dem Auto, und der Notarzt versuchte, ihn zu reanimieren, gab aber nach einigen Minuten auf. Gillessen betrachtete den Toten. Er war um die siebzig und kam Gillessen vage bekannt vor. Auf der Stirn hatte er eine Platzwunde, die kaum geblutet hatte. Offenbar hatte ihn der Aufprall sofort getötet. Andere Verletzungen schien er auf den ersten Blick nicht zu haben. »Können Sie schon irgendwas sagen?«, fragte er den Notarzt.

»Na ja, Todesursache ist wahrscheinlich der Aufprall, der die Kopfwunde verursacht hat. Ein paar Knochen sind gebrochen, aber nicht das Genick.«

Der Arzt drehte den Kopf der Leiche ein wenig. »Am Hinterkopf hat er ebenfalls eine Platzwunde und eine große Beule. Er ist wahrscheinlich ordentlich durch den Wagen geschleudert worden.« Er drehte den Kopf des Toten zur anderen Seite. »Ansonsten sehe ich auf Anhieb nichts. Moment mal«, sagte er und beugte sich tiefer zu dem Toten hinab. »Er hat was im Ohr.« Aus seiner Arzttasche nahm er eine Pinzette und schob sie dem Toten vorsichtig in die Ohrmuschel. Dann zog er sachte und beförderte einen dünnen, langen Gegenstand nach außen. »Eine Kugelschreibermine«, sagte er und hielt Gillessen den Fund vors Gesicht. »War ganz schön tief drin.«

Gillessen nahm eine Plastiktüte aus der Tasche und ließ die Mine hineinfallen. »Könnte das die Todesursache gewesen sein?«

»Schon möglich«, murmelte der Arzt, der sich wieder an der Leiche zu schaffen machte. »Möglichweise aber auch das hier.« Er hatte den Mund des Toten weit geöffnet, griff nun hinein und zog einen faustgroßen Gegenstand heraus. »Ein Brötchen, nicht mehr ganz frisch«, erklärte er. »Haben Sie noch eine Tüte?«

Gillessen war zu verdattert, um zu antworten und fischte eine weitere Tüte hervor.

»Und noch eine«, sagte der Arzt, mittlerweile mit einem amüsierten Unterton. Die Sache schien ihm zu gefallen.

»Ich würde sagen, der Mann hat eindeutig den Mund zu voll genommen.« In seiner Hand hielt er mehrere kleine Blätter, offensichtlich von einem Notizblock abgerissen. Gillessen konnte nicht erkennen, ob sie beschriftet waren, aber das würde sich klären lassen.

Als er die dritte Plastiktüte verschloss, kam sein Kollege Wehner mit dem Abschleppunternehmer auf die Gruppe zu.

»Mensch, das ist der Wagner«, sagte Wehner, als er die Leiche auf der Trage sah. Er nahm die Schirmmütze ab und kratzte sich am Kopf. »Manchmal trifft es doch die Richtigen.«

Am nächsten Morgen saß Gillessen an seinem Schreibtisch in der Polizeiinspektion und studierte seine Notizen. Der Staatsanwalt hatte eine Obduktion der Leiche angeordnet. Dabei war festgestellt worden, dass er eine Menge Alkohol im Blut hatte, und das morgens um acht. In der linken Armbeuge hatte der Arzt eine Einstichstelle gefunden, und die Beule am Kopf stammte vermutlich von einem Schlag mit einem stumpfen Gegenstand und nicht von dem Unfall. Außer den kuriosen Gegenständen, die der Notarzt bereits am Unfallort entdeckt hatte, förderte die Obduktion eine Zigarettenkippe zutage, die tief im Rachen des Toten gesteckt hatte. Die Todesursache war nicht abschließend zu klären. Entweder der Schlag auf den Hinterkopf oder die Kugelschreibermine tief im Ohr. Erstickt war er jedenfalls nicht. Die Gegenstände waren erst nach seinem Tod in den Hals geschoben worden. Todeszeitpunkt war laut ärztlicher Feststellung der Abend vor dem Unfall zwischen zweiundzwanzig Uhr und Mitternacht.

Gillessens Frage, was wohl der Grund sein könnte, einen scheinbar harmlosen alten Mann auf derart bizarre Weise zu töten, hatte Kollege Wehner umfangreich beantwortet. Gillessen zog einen dicken Aktenordner zu sich heran. Den und sechs weitere hatte Wehner auf seinen Tisch geknallt. Gillessen blätterte den ersten Ordner noch einmal durch. Anzeigen wegen Falschparkens, wegen Nichtbeachtens der Vorfahrt, wegen Umweltverschmutzung. Anzeigen, Hunderte davon. Vermutlich gegen jeden einzelnen Einwohner dieses Dorfes.

»Praktisch jeden Tag stand der auf der Matte«, erzählte Wehner, »und zeigte alles und jeden an, der ihm tagsüber begegnet war. Ich hab schon das große Zittern gekriegt, wenn ich ihn nur gesehen hab. Der Mann war ein echtes Kameradenschwein.«

Josef Wagner, besser bekannt als Knöllchen-Jupp, hatte die letzten Jahre seines Lebens damit verbracht, seinen Mitmenschen nachzuspüren, jede unerlaubte Handlung auf seinem Notizblock aufzuschreiben und sie anzuzeigen. Vieles davon war im Sand verlaufen, aber oft endeten die Anzeigen für die Betroffenen mit einem Bußgeld.

»Alle Kollegen auf der Wache werden drei Kreuzzeichen schlagen, wenn sie hören, dass der tot ist«, ereiferte sich Wehner. »Jeder von uns hat Stunden und Tage damit zugebracht, seine Anzeigen zu schreiben und zu ermitteln. Gott, was für ein Kotzbrocken!«

Praktisch jeder im Ort hatte einen Grund, den Mann zu hassen. Ein echtes Arschloch, dachte Gillessen. Er blätterte wieder in den Anzeigen. Knöllchen-Jupp hatte die Bäckerin Karla Knieps angezeigt, weil sie die Tische vor ihrer Bäckerei zu weit in die Fußgängerzone hineingestellt hatte. Fünfzig Euro.

Der Automechaniker Paul Kröger war mehrmals fünfzehn Euro losgeworden, weil er eine Zigarettenkippe auf die Straße geworfen hatte. Den Wirt des einzigen Gasthofes im Ort hatte Wagner angezeigt, weil sein Bierglas einige Millimeter weniger Bier enthielt als vorgesehen. Maria Heckermann, eine der beiden Unfallzeuginnen, musste fünfzehn Euro bezahlen, weil sie die Enten im Dorfteich mit trockenem Brot gefüttert hatte. Sogar den praktischen Arzt hatte der Mann verklagt. Angeblich hatte eine von ihm verordnete Arznei bei Wagner einen allergischen Schock ausgelöst. Der Arzt war freigesprochen worden.

Gillessen lehnte sich zurück und dachte nach. Dann ordnete er die Fotos von der Unfallstelle, von der Obduktion und von den verschiedenen in dem Toten gefundenen Gegenständen nebeneinander auf seinem Schreibtisch an. Aus dem Aktenordner entnahm er die erste Anzeige: Falschparken. Er schob sie unter das Foto des Unfallwagens. Die zweite Anzeige: Umweltverschmutzung. Sie wanderte unter die Zigarettenkippe. Enten füttern. Unter das Brötchen, nicht mehr ganz frisch. Dort landete auch die Anzeige gegen die Bäckerin. Der freigesprochene Arzt fand zu der Einstichstelle, der Wirt zum Promillewert im Blut. Nach drei Stunden hatte Gillessen einen großen Teil der Anzeigen zugeordnet, und die Stapel unter den Fotos waren beträchtlich.

Ich habe es hier mit einem Mordfall mit etwa zweihundert Tatverdächtigen zu tun, dachte er und atmete tief durch. Und ich werde sie alle vernehmen müssen. Jeden einzelnen.

Er begann mit den beiden Unfallzeuginnen.

»Das bedauert keiner, dass der tot ist«, beschied ihn die Bäckerin auf seine Frage. »Wir haben den alle gehasst. Wenn ich den nur gesehen hab, wie er an der Ecke stand, da vorne«, sie deutete auf die Straßenecke neben ihrem Laden, »mit seinem lächerlichen Kommunionsanzug und dem Blöckchen in der Hand, dann hätte ich ihn am liebsten überfahren. Hat immer nur die Brötchen vom Vortag gekauft, der knickrige Sack, und zeigt mich an, weil die Stühle zu weit draußen stehen. Er hat nie mal 'nen Kaffee oder sowas hier getrunken. Immer nur stänkern und lauern, das war sein Leben. Wenn Sie mich fragen, der Mann hatte kein Herz. Und in den Himmel kommt der auch nicht, jedenfalls nicht, wenn es eine Gerechtigkeit gibt.« Inzwischen war sie puterrot vor Aufregung, und Gillessen nötigte sie, sich zu setzen. Vorsichtig, um sie nicht noch mehr aufzuregen, kam er auf den Abend vor dem Unfall zu sprechen.

»Glauben Sie etwa, ich hätte den umgebracht? Wissen Sie was? Ich wär sogar stolz drauf, wenn ich's getan hätte. Der hat nichts anderes verdient, glauben Sie mir. Und Sie werden von keinem was anderes hören.«

Gillessen wagte kaum, noch einmal nach ihrem Alibi zu fragen, doch offenbar hatte Karla inzwischen genug Dampf abgelassen und antwortete ganz manierlich.

Den Abend vor dem Unfall habe sie mit ihrer Freundin Maria verbracht. Der sei es nicht so gut gegangen, und deshalb habe Karla den Arzt angerufen, der dann gekommen sei und sich um Maria gekümmert habe. So bis gegen eins etwa.

»Und am nächsten Morgen ging es Maria schon wieder so gut, dass sie spazieren gehen konnte?« hakte Gillessen nach.

»Ja, die frische Luft hat ihr sogar gut getan«, bestätigte Karla.

Maria wiederholte Karlas Aussage fast wörtlich. »Stellen Sie sich das nur vor. Da zeigt der mich an, weil ich die Enten füttere! Hat man so was schon gehört? Ich wusste ja nicht mal, dass das verboten ist. Übrigens total idiotisch, so was zu verbieten, finden Sie nicht auch? Aber der Jupp, der hat das natürlich gewusst. Ein schlechter Mensch, durch und durch.«

Im Stillen gab Gillessen ihr Recht. Natürlich war es idiotisch, das Füttern von Enten zu verbieten. Wer kam nur auf solche Ideen? Und auch damit, dass Jupp Wagner ein schlechter Mensch gewesen war, stimmte er inzwischen voll und ganz überein.

Dr. Ernst Schimanskis Praxis lag nicht weit von der Kirche entfernt nahe am Ortszentrum. Während Gillessen darauf wartete, ins Sprechzimmer vorgelassen zu werden, dachte er daran, dass Dr. Schimanskis Fall als einziger einen Aktenordner für sich allein beanspruchte. Josef Wagner hatte den Arzt vor Gericht gezerrt, und so was bedeutet immer sehr viel Papier, auch, wenn es im Nichts endet.

»Meiner Ansicht nach war der Mann ernsthaft gestört«, sagte Dr. Schimanski, als Gillessen wenige Minuten später auf dem Patientenstuhl vor seinem Schreibtisch saß. »Er hatte einen Verfolgungswahn, aber im umgekehrten Sinne als dem herkömmlichen. Sein Lebensinhalt war das Bespitzeln seiner Mitmenschen. Das ist doch krank.«

»Sie waren selbst auch einmal von seiner Bespitzelungswut betroffen?«

Dr. Schimanski nickte. »Er hatte eine Magenverstimmung und bat mich, ihm ein bestimmtes Medikament zu verschreiben. Ich ging davon aus, dass er damit bislang gute Erfahrungen gemacht hatte, aber inzwischen bin ich sicher, dass er wusste, er würde es nicht vertragen. Er bekam Herzprobleme und zeigte mich an. Den Rest kennen Sie wohl aus der Akte.«

»Hat der Prozess Ihrem Ruf geschadet?«, fragte Gillessen. Dr. Schimanski sah ihn offen an. »Nein, jeder im Dorf wusste, was das für ein Idiot war.«

Gillessen fragte nach dem Abend vor dem Unfall, und der Arzt schien die Frage keineswegs als Beleidigung zu betrachten. Merkwürdig, dachte Gillessen. »Ich habe Frau Heckermann ein herzstärkendes Tonikum verabreicht und bin vorsichtshalber bei den beiden Damen geblieben, bis ich sicher war, dass es ihr wieder gut geht«, erklärte Schimanski und führte Gillessen höflich zur Tür.

Der Automechaniker Paul Kröger wischte seine ölverschmierten Hände ab und zückte sein Auftragsbuch, als Gillessen ihn besuchte. »Hier, sehen Sie, Herr Kommissar. Der Wagner war schon ewig nicht mehr mit seinem Wagen bei mir in der Werkstatt. Da war der viel zu geizig für. Bestimmt ist der zu so einem Billig-Betrieb in der Stadt gefahren.«

Auf Jupps Anzeigen gegen ihn angesprochen, sagte Paul: »Wissen Sie was? Ich hatte manchmal das Gefühl, der verfolgt mich. Eigentlich drücke ich meine Kippen immer im Aschenbecher aus. Aber manchmal passiert es eben doch, dass ich sie einfach hinwerfe und austrete. Und jedes Mal war der da, mit seinem verdammten Block, hat sich alles notiert, Datum, Uhrzeit und so weiter, manchmal hat er sogar ein Foto gemacht, und ein paar Tage später hatte ich den Bußgeldbescheid auf dem Tisch. Ich bin froh, dass der tot ist.«

Paul Kröger war am Abend vor dem Unfall in der Dorfkneipe gewesen. »Der Wirt kann Ihnen mein Alibi bestätigen«, sagte er. Ja, dachte Gillessen, und du seins.

Am Ende des Tages wusste Gillessen, dass er seine Befragungen einstellen konnte. Keiner der Dorfbewohner war am Abend des Unfalls allein gewesen. Alle hatten ein Alibi. Seine kriminalistische Energie war ihm im Laufe des Tages abhanden gekommen. Eigentlich, stellte er fest, wollte er gar nicht mehr wissen, wer diesen Bekloppten um die Ecke gebracht hatte. Aber er war nun mal Polizist, und es war seine verdammte Pflicht und Schuldigkeit, jede Möglichkeit auszuschöpfen.

»Wir müssen den Unfallwagen untersuchen«, sagte er deshalb zu Wehner, der Gillessens vergebliche Bemühungen um Aufklärung mit einem Grinsen quittiert hatte. »Vielleicht finden wir da was. Ruf den Abschlepper an und lass den Wagen auf den Polizeihof bringen. Ich sage den Kollegen von der Spurensicherung Bescheid.«

Sie telefonierten gleichzeitig. Wehner legte etwas früher wieder auf und wartete mit breitem Grinsen auf das Ende von Gillessens Telefonat. »Du kannst gleich noch mal anrufen und die Kollegen wieder zurückpfeifen«, feixte er, als Gillessen den Hörer auflegte. »Der Unfallwagen ist versehentlich in die Schrottpresse geraten und nur noch einen halben Kubikmeter groß.«

Gillessen ließ sich in seinen Stuhl zurückfallen und strich mit beiden Händen über seinen Kopf. Dann griff er zu den Aktenordnern mit den Anzeigen und blätterte. Schließlich nahm er ein Blatt heraus und schob es unter das Foto des Unfallwagens. »Missachtung der Vorfahrt und Verkehrsgefährdung durch einen Abschleppwagen. 1.500 Euro.«

Erntezeit

von Alex Krapp

Jetzt tragen sie den Hein raus. Die Heugabel hat ihm schon jemand aus dem Bauch gezogen, sonst würde der gar nicht in die Kiste passen. Die Polizei durchsucht den Hof. Dauert bestimmt Tage, bei dem Chaos von dem Hein.

Der Kommissar war schon bei mir. Er wollte wissen, wo ich gestern Abend war. Also: Der Hein, der Schmitz von nebenan und ich saßen in der Kneipe und haben schön Skat gekloppt. Irgendwann trat dann der Jupp an unseren Tisch und fragte den Hein, ob der nicht endlich seine Streuobstwiese an ihn verkaufen wolle. Die liegt nämlich genau zwischen dem Land vom Jupp und der Bundesstraße nach Prüm. Eine Tankstelle, McDonalds oder einen Lidl könnten sie dann da hinsetzen, würde ja noch fehlen hier. Nur schnell müsse es gehen, sonst würde anderswo gebaut. Der Hein ist ihm fast an die Gurgel. »Schotter ist alles, was du im Kopf hast!«, brüllte er.

»Dann kauf ich die Wiesen eben deinem Neffen ab, wenn du tot bist. Lange machst du es sowieso nicht mehr!«, sagte der Jupp und hat ganz fies gegrinst.

»Halt die Schnauze!«, schrie der Hein, die Tränen standen dem schon in den Augen.

»Lass gut sein, Hein!«, meinte ich und habe ihn nach Hause gebracht. Das muss so gegen elf gewesen sein. Danach bin ich zurück zur Kneipe. Der Jupp ist gegen zwölf Uhr gegangen. Kurz darauf hab ich den Schmitz gefragt, ob er mit nach Hause kommt. Wir haben ja denselben Weg. Als wir an Heins Hof vorbei gingen, kam der Jupp dort gerade aus dem

Tor. »Verarschen kann ich mich selber!«, schrie er uns wütend zu.

Ob der Hein sonst noch Feinde gehabt habe, wollte der Kommissar wissen. Aber mit achtzig sind die meisten Feinde tot. Und Kinder hatte er ja auch keine, nur einen Neffen in München, und der hatte ja keinen Grund, also kein Motiv und außerdem eine gute Ausrede, also ein Alibi, weil in München ... Da meinte der Kommissar, das mit den Motiven und den Alibis solle ich besser ihm überlassen.

Dann hat er sich nach meinem Verhältnis zum Hein erkundigt. Dass ich den Hein aus dem Krieg kenne, hab ich erzählt, und dass ich 1950 neben seinen Hof gezogen bin. Wie wir uns genau kennen gelernt haben, war dem Kommissar egal. Wollte er gar nicht wissen, wie das damals war im Graben vor Breslau, kurz bevor die Russen kamen. Der Krieg interessierte den gar nicht richtig.

Der Hein hat mich all die Jahre unterstützt, obwohl ich mit meinem steifen Bein noch nicht mal Trecker fahren durfte, ich konnte nur kehren und Kartoffeln schälen und so. Und all die Jahre hat der Hein den Hof gehalten, obwohl der ja schon lange unrentabel war. Irgendwann musste er Land an den Jupp verkaufen, für 'nen Appel und ein Ei. Paar Monate später ist das dann Bauland geworden, und da hat der Jupp richtig abgesahnt. Das hab ich dem Kommissar erzählt, und dass der Jupp Schuld ist, dass der Hein noch an die Ostfront musste. Der Jupp hat nämlich den Nazis gesteckt, dass der Hein den Hitler einen Doof genannt hatte. Da haben die von der Landwehr ihn direkt an die Front geschickt. Und ein paar Monate später war der Krieg aus, und als der Hein aus der Gefangenschaft kam, hatte der Jupp schon längst Heins Luise geheiratet. Konnte man der ja auch nicht übel nehmen, fünf Jahre sind nicht gerade kurz. Und der Jupp war eine gute

Partie, ein stattlicher Kerl mit einem großen Hof. Von seinem Verrat wusste die Luise ja noch nichts. Und als der Hein es ihr dann erzählen konnte, war es zu spät, da waren die Kinder schon auf der Welt. Drüber weggekommen ist die nie, Leberzirrhose mit siebenundvierzig.

Von Heins Krebs habe ich dem Kommissar auch erzählt. Er hätte nicht mehr lange gehabt, die Schmerzen sind immer schlimmer geworden. Doch dank der Schmerzmittel ging es ihm gestern Abend sehr gut, sogar in die Kneipe wollte er.

Worüber ich mit dem Hein gesprochen habe, als ich ihn dann nach Hause brachte, muss der Kommissar nicht wissen. Ist ja auch Privatsache. Ganz aufgeregt war der Hein. Dass der Jupp keinen Respekt vor dem Land habe, keinen Respekt vor gar nix. Er müsse die Wiese vor Jupp schützen, da solle mal keine Frittenbude hin. Die Luise und er hätten sich auf der Wiese zum ersten Mal geküsst, in der Woche, bevor er an die Front musste. Auch später haben sie sich dort noch getroffen, bis es der Jupp Wind von der Sache bekam und angefangen hat, die Luise zu schlagen.

Das hatte der Hein mir noch nie erzählt, so was behält man ja auch für sich. Ich habe mich gewundert. »Was kommt denn jetzt?«, hab ich gedacht, und dann hat der Hein weiter erzählt. Dass er die Wiese der Gemeinde habe schenken wollen, mit der Auflage, dass die nichts drauf bauen dürfen und alles so lassen müssen, wie es ist. Aber das wollten die nicht, vielleicht auch, weil der Schwiegersohn vom Jupp im Gemeinderat sitzt.

Ihm bleibe nicht mehr viel Zeit, hat der Hein dann gemeint. Er wolle hier bei sich auf dem Hof sterben, jetzt, wo das Obst bald reif sei, nur nicht im Krankenhaus, weil, da kenne er ja keinen und er sei ja nur Kassenpatient und wie so was dann aussieht, habe man ja bei der Käte vom Will gesehen. Dann wurde der Hein ganz still, und als wir bei ihm vor dem Hof standen, fragte er, ob ich mich noch an den Schützengraben vor Breslau erinnern könne. Er habe noch etwas gut bei mir. Ganz schlecht wurde mir da, aber gesagt habe ich nichts.

Der Hein erklärte mir dann, was ich tun soll. Anschließend bin ich zurück in die Kneipe. Dort habe ich den Jupp auf dem Weg zum Klo abgepasst und ihm ausgerichtet, dass der Hein doch noch mal reden will. Der Jupp hat sich gewundert, ist aber raus zu Heins Hof. Geldgier.

Klar, dass der Jupp sauer war, als er später vom Hof kam, denn der Hein hat ihm nicht aufgemacht. Konnte er auch gar nicht mehr, zu dem Zeitpunkt lag er schon wie abgemacht vor der Küchentür im Garten und hatte eine halbe Flasche Klaren intus. Als die Luft rein war, bin ich zu ihm geschlichen. Ganz benebelt von dem Korn und den Schmerzmitteln war der. »Hein?«, habe ich gerufen, »He Hein!?« Die Gabel lehnte an der Wand, auf dem Knauf lagen die Arbeitshandschuhe. Ich zog sie an und nahm einen großen Schluck aus der Pulle. Ein, zwei Mal drehte ich die Gabel in der Hand. Dann kam die Angst.

Es war dasselbe Gefühl wie damals im Schützengraben bei Breslau, kurz bevor die Russen kamen. Munition hatten wir keine mehr, und der Befehl war: »Bis zum letzten Atemzug!« Vor lauter Zittern habe ich das Bajonett nicht auf das Gewehr bekommen. »Angst vor dem Feind!«, hat der Fähnrich da geschrien und schon seine Pistole auf mich gerichtet. Da hat der Hein ihm von der Seite seinen Gewehrkolben ins Gesicht geschlagen und das Bajonett durch den Bauch in den Brustkorb gerammt. Der Fähnrich konnte zwar noch abdrücken, hat aber nur mein Bein getroffen. Dann sind wir auch schon von den Russen überrannt worden. Wir können von Glück sagen, dass wir uns noch rechtzeitig ergeben konnten.

Das alles schoss mir durch den Kopf, als der Hein vor mir lag. Er hatte wirklich was gut bei mir, das konnte ich ihm nicht abschlagen. Da hab ich dem Hein die Heugabel in den Bauch gerammt und mit meinem steifen Bein tief in den Brustkorb getreten. Ziemlich einfach ging das, an dem Hein war nicht mehr viel dran. Große Schmerzen hatte er nicht, er stöhnte nur ganz leise.

Gerade hat der Schmitz angerufen. Sie haben den Jupp mitgenommen. Dringender Tatverdacht. Er wurde ja am Tatort gesehen. Ein Motiv und kein Alibi. Hausdurchsuchung. Sie werden ein Paar Gummistiefel mit Heins Blut an der Sohle in seinem Stall finden. Sieht gar nicht gut für ihn aus.

Geschäft um Mitternacht

von H.P. Karr

Nicht so schnell«, sagte er und machte eine kleine Bewegung mit der Pistole. »Wir wollen doch kein Aufsehen erregen, nicht wahr?«

Ich nahm den Fuß vom Gas, und die Tachometernadel sackte wieder auf hundertzwanzig Stundenkilometer. Es ging auf Mitternacht. Die A1 war fast leer.

»Ich mag die langen Fahrten durch die Nacht«, sagte er und lehnte sich behaglich zurück. »Wenn die Scheinwerfer dieses kleine Stück Straße vor einem aus der Dunkelheit herausschneiden, wenn man den Eindruck hat, durch ein endloses Universum zu gleiten. Hin und wieder die Lichter von Städten oder Ortschaften, helle Fenster, dunkle Fenster. Und dann die Hochspannungsmasten über der Autobahn wie die Skelette von prähistorischen Tieren ...«

Mein Gott, ein Poet!

Bei Einbruch der Dunkelheit hatte er mich in der Raststätte auf der Höhe Oberöfflingen angesprochen. Ob ich ihn mitnehmen könne. Er erzählte etwas von einer Panne und einem Geschäftstermin am nächsten Morgen in Trier. Er sah passabel aus, hatte einen kleinen Aktenkoffer dabei. Als er sah, wie ich zögerte, bot er mit eine Benzinkostenbeteiligung an. Ich hatte ihn mitgenommen. Als wir wieder auf der Autobahn waren, so zwischen Niederöfflingen und Flußbach, hatte er die Pistole herausgezogen.

»Immer weiterfahren«, hatte er gesagt. »Immer geradeaus. Bis ich ›Stop‹ sage.«

Nach einer halben Stunde klappte er seinen Koffer aus und holte er ein paar Butterbrote heraus. Als ich hinüberschaute, erhaschte ich noch einen kurzen Blick auf ein gutes Dutzend Geldbündel. Dicke Geldbündel. Hunderter und Zweihunderter. Laut Banderolen alle von der Kreissparkasse Vulkaneifel. Die Zweigstelle konnte ich nicht erkennen, aber ich tippte auf Daun.

Er hatte kein Wort über Geld verloren, den Koffer wieder zugeklappt und sich über seine Butterbrote hergemacht. Fleischwurst und Salami, wenn ich den Geruch richtig deutete, der durch den Wagen zog.

Inzwischen ging es auf Mitternacht, und er hatte immer noch nicht »Stop« gesagt.

»Warum ...«, begann ich.

»Ist doch egal, warum die Polizei hinter mir her ist«, sagte er. »Hauptsache ist doch, sie kriegen mich nicht, oder?«

Die Waffe hielt er immer vorsichtig bei sich, in der rechten Hand, sodass ich keine Chance hatte, hinüberzugreifen. Im Halbdunkel konnte ich ohnehin nur hin und wieder einen matten metallischen Schimmer sehen.

»Sie fahren gut«, meinte er nach einer Weile.

»Notgedrungen«, sagte ich. »Ich bin viel unterwegs.«

»Vertreter?«

Ich nickte und deutete auf Harry, der am Rückspiegel baumelte. Harry ist ein kleiner, rosaroter Plüschbär. »Spielzeug«, sagte ich. »Regionalrepräsentant Vulkaneifel. Daun-Bitburg-Wittlich.«

Er schaute kurz verträumt aus dem Fenster. »Großes Gebiet.«

»Schwach besiedelt.«

Er puhlte sich einen Rest Fleischwurst aus den Zähnen. »Ich dachte, das geht inzwischen alles über Internet.«

»Was?«

»Vertrieb«, nuschelte er. »Oder Ebay oder wie das heißt.«

»Kommt sicher auch bei uns bald«, sagte ich. »In der Eifel dauert alles ein bisschen länger.«

Er tippte Harry am Rückspiegel an und sah ihm eine Weile beim Schaukeln zu. »Und was haben Sie sonst noch im Sortiment?«

Ich hob die Schultern. »Harry der Bär ist unser Verkaufsschlager. Wahrscheinlich wegen Knut aus Berlin oder Bruno aus Bayern, keine Ahnung. Jedenfalls geht Harry weg wie geschnitten Brot. Dann kommt Rudi, das Schwein, auch rosarot, beste Verarbeitung, nicht mit dieser normalen Holzwolle gefüllt, sondern mit bestem Kunststoffmaterial. Ideal als Kuscheltier geeignet.«

Er amüsierte sich königlich.

»Persönlich mag ich Toto den Affen am meisten«, fuhr ich fort. »Zwanzig Zentimeter groß, bewegliche Arme und Beine mit Klettverschlüssen an den Pfoten, kleine runde Knopfaugen und eine rote Nase. Ich werde um ihn kämpfen, im Herbst.«

Er sah mich skeptisch an.

»Der Chef will Toto aus dem Programm nehmen, weil die Verkäufe zurückgegangen sind«, sagte ich. »Aber dagegen werde ich mich wehren. Ich schwatze jedem Kunden mindestens zwei Totos auf, damit er mir erhalten bleibt.«

Er kicherte.

»In welcher Branche sind Sie denn tätig?«, fragte ich.

Er wiegte den Kopf. »Finanzdienstleistungen.«

»Hört sich interessant an.«

Er blies die Backen auf und stieß die Luft aus. Er war ein kleiner, drahtiger Bursche von Anfang vierzig. Helle, blaue Augen, dünnes, blondes Haar und sonnengebräunte Haut. »Man muss sich halt durchbeißen!«

»Bankraub, nicht wahr?«, fragte ich mit einem Blick auf seinen Koffer. Er grinste still in sich hinein.

»Eigentlich eine schöne Art und Weise, sich ein Geld zu verdienen«, sagte ich.

Er blies wieder die Backen auf. »Was Sie sich so alles vorstellen«, meinte er dann.

»Die Kreissparkasse Daun heute Nachmittag?«, fragte ich. »Ich hab im Radio davon gehört. 45.000 oder so...«

»58.000«, korrigierte er mich.

»Für zwei Minuten Arbeit...«

»Quatsch«, sagte er. »Eine Woche. Umsehen. Angucken. Beobachten. Abwarten. Tüfteln. Verdammt schwer hier in der Gegend. Nach zwei Tagen im Hotel haben sie schon angefangen, mich auszufragen. Hier kennt jeder jeden.«

»Eifel eben«, sagte ich.

Er nickte. »Schwach besiedelt.«

»Ich dachte, das läuft inzwischen auch alles über Internet«, sagte ich. »So mit Hackern und so. Loggen sich bei der Bank ein und überweisen einfach alles in die Karibik.«

Er hob die Schultern. »Ich wickele das lieber noch persönlich ab.«

Eine Weile war es still. An der Abfahrt Wittlich standen Polizeiwagen. Ich hielt mich an die Richtgeschwindigkeit. Es gab kein Problem.

»Manchmal...«, murmelte ich.

Er hob den Kopf.

»Manchmal habe ich mir auch schon ausgemalt...«

»Vergessen Sie's«, riet er mir. »Das ist nicht so einfach, wie Sie denken.«

»Aber wieso denn? Eine Pistole nehmen und eine Maske übers Gesicht. Und dann rein in die Bank...«

»So geht das vielleicht im Fernsehen«, sagte er. »Mal von den ganzen Alarmanlagen und versteckten Kameras abgesehen – woher wollen Sie denn eine Pistole kriegen?« Er hob seine Waffe ein wenig, aber ich sah sie nicht deutlich. »Ich sag nur: Auf keinen Fall übers Internet.«

»Nun, ich denke, da wird es sicher einschlägige Kneipen geben, in Trier vielleicht oder Bitburg, wo man...«

»Was denken Sie sich eigentlich«, meinte er etwas ungehalten. »Dass Sie da reingehen und ein Bier und eine Wumme bestellen?«

»So in etwa«, sagte ich. »Oder nicht?«

Er kicherte. »Wissen Sie, wie lange selbst ein Profi hinter einer Waffe herlaufen muss?«

Ich schüttelte den Kopf.

»Wochenlang«, sagte er. »Und dann ist noch nicht einmal sicher, dass man eine kriegt. Und dann muss man sie auch noch bezahlen. Wissen Sie, was eine nicht registrierte Waffe kostet?«

Wieder schüttelte ich den Kopf.

Er hob seine Pistole, sodass ich jetzt zum ersten Mal einen genauen Blick darauf werfen konnte.

»Tausend«, sagte er. »Bar auf die Hand.«

Ich schwieg.

»Das hätten Sie nicht gedacht, was?«, fragte er.

»Nein«, gab ich zu und fuhr rechts ran auf den Seitenstreifen.

Er rammte mir die Waffe in die Seite. »Sind Sie lebensmüde?«, fragte er. »Weiterfahren!«

Ich schüttelte den Kopf.

»Ich schieße!«, sagte er.

Ein Lastwagen rauschte an uns vorbei. Ich rührte mich nicht.

Schweiß war auf seine Stirn getreten. »Sie sollen weiterfahren!«, verlangte er.

»Nein«, sagte ich. »Sie steigen jetzt aus.«

Die Mündung seiner Pistole erschien vor meinen Augen. Ich starrte in das hässliche schwarze Loch und fühlte mich plötzlich ganz ruhig.

»Ich schieße ...«, stieß er hervor.

»Schießen Sie«, sagte ich. »Ich wollte unser neues Modell *FBI-Special* schon immer mal in Aktion sehen.«

Sein Mund klappte auf. Zwischen den Schneidezähnen steckte noch ein Stück Fleischwurst.

»Ich vertrete nur das Spielzeug für die Altersklasse drei bis sieben«, sagte ich und tippte Harry den Bären kurz an. »Aber mein Kollege vertritt die Spielzeuge für die Kinder von sieben bis dreizehn. Er hat die *FBI-Special* seit einem halben Jahr im Programm. Das Ding verkauft sich nicht besonders gut, wie er sagt. Dabei war unser Chef ziemlich stolz darauf, dass die Waffe einer echten Pistole zum Verwechseln ähnlich sieht.«

Er ließ die Spielzeugpistole sinken.

»Unser Firmenzeichen ist oben auf dem Lauf eingeprägt«, sagte ich. »Ich konnte es bloß hier im dunklen Wagen nicht sofort erkennen.«

Er sank zusammen und dachte nach. Dann machte er die Beifahrertür auf. »Okay«, sagte er. »Sie haben gewonnen.«

Er wollte aussteigen.

»Moment«, sagte ich.

Er wandte sich um und starrte in die Mündung meiner Waffe, die ich aus der Halterung unter dem Sitz gezogen hatte. »Ihr Koffer bleibt hier!«

Zwei Minuten später war ich wieder unterwegs. Im Rückspiegel wurde mein Beifahrer von der Nacht verschluckt. Sein Koffer lag auf dem Beifahrersitz, und ich steckte meinen *Magnum Colt Python* wieder weg. Der Kollege hatte doch Recht – das Ding sah einer echten Waffe noch ähnlicher als die verdammte *FBI Special*.

WG

von Harald Bongart

I.

Er ist nicht mehr der alte. Er hat sich verändert. Unmerklich erst. Doch jetzt tritt es offen zu Tage. Seit er die neue Stelle antreten musste, hat er sich verändert.

Er trinkt mehr als früher. Die Flaschen habe er als Geschenk erhalten. Behauptet er. Aber auf unserem gemeinsamen Konto fehlt Geld. Immer größere Beträge, in letzter Zeit. Wenn ich ihn darauf anspreche, wird er aggressiv.

So weichen wir uns in der Wohnung aus, so gut es geht. Ohnehin sehen wir uns meist nur im Badezimmer. Jetzt rasiert er sich nur noch unregelmäßig. Es ist so idiotisch.

II.

Ich habe mir ernstlich Sorgen um ihn gemacht. Drei Tage war er nicht aufgetaucht. Wenigstens gab er zu, dass er abgestürzt war. Ich begreife es nicht, wie ihm diese neue Aufgabe so zusetzen kann. Aber er geht jeder Diskussion aus dem Weg.

III.

Ich habe versucht, ihm zu helfen. Auf meine Art, gewiss. Ein Vorhängeschloss auf dem Küchenschrank. Es ist fehlgeschlagen. Mit einem Fußtritt hat er die beiden Türen zertrümmert, bis er wieder an seinen Alkohol kam. Als wir uns das nächste Mal sahen, hat er nach mir geschlagen.

IV.

Irgendwie konnte ich ausweichen. Glas splitterte, als seine Faust den Spiegel traf. Er hat geblutet wie ein Weltmeister.

Im Krankenhaus in Euskirchen haben sie ihm die Hand geflickt. Es war keine wichtige Sehne verletzt. Glück im Unglück. Jetzt ist er erst einmal für sechs Wochen arbeitsunfähig.

V.

Solange er nicht zu dieser Dienststelle musste, war alles in Ordnung. Fast konnte man glauben, es sei wieder wie früher. Aber seit vorgestern ist er wieder »in seinem Gulag«. Er sagt »Gulag«, als sei es ein Straflager. Dabei arbeiten doch auch andere dort. Was macht er dort bloß? Was machen die mit ihm? Es ist sinnlos, mit ihm darüber reden zu wollen.

VI.

Gestern hat er die Wohnzimmereinrichtung zertrümmert. Ich hatte mir nichts dabei gedacht, als ich ihn auf seine Arbeit ansprach. Danach ist er aus der Wohnung geflüchtet. Als sei ein Heer von Verfolgern hinter ihm her. Erst am übernächsten Tag tauchte er wieder auf. Ich habe alles so liegen lassen, wie er es hinterlassen hatte. Ich bin es leid, hinter ihm her zu räumen. Woher bekommen wir jetzt neues Mobiliar?

VII.

Er sagt, er habe eine Lösung. Es soll noch jemand einziehen. Dabei ist die Wohnung eigentlich schon zu klein für zwei. Viel zu zaghaft habe ich ihm widersprochen. Es war zwischen ihm und dem Neuen ohnehin schon beschlossene Sache. Ich fühle mich übergangen. Das Argument lässt er nicht gelten. Was heißt das schon, »übergangen«? Ihn habe auch niemand gefragt, ob er die neue Stelle wolle. Auf diese Diskussion habe ich mich nicht eingelassen.

VIII.

Gestern ist der Neue eingezogen. Ich habe ihn noch nicht zu Gesicht bekommen. Angeblich ist er Geschäftsführer. Geschäftsführer...wovon? Seine Miete scheint er jedenfalls pünktlich zu zahlen. Wenigstens ist wieder etwas Geld auf dem Konto.

IX.

Er scheint nicht schlecht zu leben, der Neue. Ich sage immer noch »der Neue«, wenn ich von ihm spreche. Dabei hat er den gleichen Vornamen wie wir beide. Schon komisch. Also komisch im Sinne von seltsam, aber natürlich auch lustig, irgendwie. Aber was ich eigentlich sagen wollte: Seit er eingezogen ist, ist regelmäßig Schampus im Kühlschrank. Ich wüsste zu gerne, was er macht, wovon er lebt.

X.

Er ist Geschäftsführer in einem Sportverband. Heute morgen habe ich ihn im Bad getroffen und er hat es mir gesagt. Sportverband, interessant. Ich habe mich nicht getraut, ihn weiter auszufragen. Aber neugierig bin ich schon.

XI.

Er hat eine Waffe, mein Gott, er hat eine Waffe! Ich bin gegen Gewalt, gleich welcher Art. Und jetzt wohnt der Neue in unserer Wohnung, und er hat eine Waffe! Das darf einfach nicht wahr sein. Zugegeben, ich wollte seine Sachen nicht durchwühlen. Es war ja auch eher ein Zufall. Ich habe im Schrank das falsche Fach geöffnet. Ach, was soll's: Ja, ich habe meine Neugier nicht mehr bezähmen können. Und wie ich nun die Türe öffne, liegt sie da. Er hat sie nicht einmal versteckt. Nicht einmal einen Wäschestapel darauf gelegt. Ich begreife es nicht.

XII.

Er ist ganz ruhig geblieben, als ich ihn darauf ansprach. Ganz gelassen. Er sagt, es sei ganz normal, dass der Geschäftsführer eines Sportschützenverbandes eine Sportpistole besitze. Schließlich sei er aktiver Sportschütze. Und da die Waffe immer gut geölt sein müsse, sei es dumm, sie unter Wäschestapel zu legen, die man damit nur verschmutze. Ich bin erstaunt, wie sachlich und abgeklärt, wie emotionslos er mir das alles erklärt hat. Ich frage mich, ob er genauso kalt ist, wenn er schießt.

Ich habe Angst.

XIII.

Er hat mir schwere Vorwürfe gemacht. Mehr noch, er hat mich massiv bedroht. Ich solle bloß nicht wieder auf den Gedanken kommen, hinter dem Neuen her zu spionieren.

Der Neue hat es gelassener genommen. Er meinte, wir sollten uns bei einem guten Glas zusammen setzen und alles bereden.

Daran liegt mir wenig. Ich verabscheue Alkohol. Er ist Gift, das Macht über den Trinkenden gewinnt. Ein hinterhältiger, gemeiner kleiner Kobold, der dich manipuliert und einen anderen Menschen aus dir macht.

Ich hasse ihn.

XIV.

Jetzt sitzen sie abends zusammen. Jeden Abend. Sie trinken. Sie lachen. Sie schmieden Pläne. Äußerlich ist er lockerer, wenn der Neue dabei ist. Aber seine Stirn ist umwölkt. Ich merke es ihm an. Er ist nicht frei. Etwas plagt ihn. Ich traue mich nicht, ihn darauf anzusprechen, weil ich weiß, wie er reagiert.

Worüber sie wohl reden? Welcher Art ihre Pläne sein mögen?

Es gefällt mir überhaupt nicht, dass der Neue ihm seine Waffe erklärt hat und im beibringen möchte, wie man schießt.

XV.

Sie hegen Mordgedanken, mein Gott, mein Gott, sie planen einen Amoklauf! Sie wollen den gesamten Firmenvorstand auslöschen!

Ich habe ihre Aufzeichnungen gefunden. Sie lagen auf dem Couchtisch. Sie haben sie offen liegen lassen. Einfach so.

Überhaupt tun beide so, als existierte ich nicht mehr in der WG.

XVI.

Ich habe mir ein Herz gefasst und ihn angesprochen, als der Neue nicht dabei war. Ich solle mich heraus halten, hat er gesagt. Ihm sei es egal, was ich über ihn und den Neuen und über ihre Pläne dächte. Und wenn ich zur Polizei ginge, habe ich gefragt. Aber er hat nur gelacht. Dazu hätte ich doch nicht die Courage, meinte er.

Dass er sich da mal nicht täuscht.

XVII.

Als ich alleine war, habe ich sie noch einmal angesehen. Sie liegt gut in der Hand. Sie hat eine Trommel mit Platz für fünf Patronen. Spannt man den Hahn, so wird durch die Drehung der Trommel eine neue Patrone vor den Lauf geschoben.

Drückt man den Abzug, so explodiert die Treibladung in der Hülse und schickt das Projektil auf die Reise. Sie sieht gar nicht so gefährlich aus. Aber man kann mit ihr töten.

Man muss es nur richtig anstellen.

XVIII.

Es ist fix. Sie sind sich einig. Sie wollen über die Vorstandssitzung hereinbrechen wie die Reiter der Apokalypse. Zwei Männer, die wahllos auf jeden schießen, der sich im Raum befindet.

Der Neue will zwei Automatik-Waffen und zwei Trommelrevolver besorgen. In Belgien sei das kein Problem. Dort erhalte man auf nahezu jedem Flohmarkt Waffen. Und in diesem Fall sei es sogar egal, wenn sie heiß seien.

Ich werde mir das nicht ansehen. Keinesfalls werde ich zum Mitwisser eines solchen Verbrechens. Ich werde handeln, aber ich werde nicht zur Polizei gehen. Wenn der Neue sich auf den Weg macht, werde ich handeln.

XIX.

Heute Nacht. Heute Nacht ist der richtige Zeitpunkt. Der Neue will nach Belgien fahren. Dann werde ich die Waffe an mich nehmen. Ich weiß, wie sie geladen wird. Im Dunkel der Nacht werde ich an sein Bett treten. Es ist vielleicht nicht so einfach, wie man glaubt. Es ist überhaupt nicht einfach, auf einen Menschen zu schießen. Man muss entschlossen sein, diese Schwelle zu überschreiten. Aber ich trage die Verantwortung. Nicht nur für einen Menschen.

Ich werde die Waffe an seine Schläfe setzen. Nein, besser werde ich sie kurz vor seine Schläfe halten. Damit er nicht aufwacht.

Dann werde ich den Finger krümmen...

XX.

Die Ärzte sagen, es sei nicht so schlimm, wie es aussieht. Sie würden mich wieder auf die Beine bringen. Ich hätte – Gott sei Dank – die Waffe zu schräg angesetzt. Die Kleinkaliberkugel sei so vom Knochen am tödlichen Eindringen ins Gehirn gehindert worden. Ich hätte versucht, mir das Leben zu nehmen, sagen sie.

Wie? Ich mir ... das Leben nehmen? Wieso?

XXI.

Sie lesen meine Gedanken wohl an meinen Augen ab. Ich leide unter einer Spaltung der Persönlichkeit, sagen sie. Meine plötzliche Freistellung hätte ich nicht verkraftet. Mit Freistellung meinen sie meine Entlassung, meinen Rauswurf. Nach mehr als sechsundzwanzig Jahren in der Firma haben die mich rausgeworfen. Einfach so. Wie man Abfall auf einen Müllhaufen wirft. Das hätte ich nicht verkraftet, meinen die Ärzte. Ich hätte mit dem Trinken begonnen. Und meine Persönlichkeit habe sich gespalten, sagen sie. Ich hätte im Alltag weiter so getan, als ginge ich regelmäßig zur Arbeit, hätte die Zeit aber in Parkanlagen verbracht. Auch meine Vorstandstätigkeit beim Verband der Sportschützen habe mich nicht aufgefangen, sagen die Weißkittel.

Aber ich hätte gute Aussichten, wieder gesund zu werden. Zunächst würden sie mich medikamentös einstellen. Danach würde dann eine Therapie beginnen. Sobald ich wieder sprechen könne. Dann solle ich alles über unsere WG erzählen.

XXII.

Sie lesen die Angst von meinen Augen ab. Nein, sagen sie, meine beiden Mitbewohner könnten mir nichts zuleide tun. Solange die Medikamente verabreicht würden, seien sie unter Kontrolle. Wenn die wüssten ... Seit zwei Wochen sind die beiden wieder da. Sie trinken jetzt nicht mehr, aber sie sitzen jede Nacht an meinem Bett. Sie schmieden wieder ihren alten Plan ... und dieses Mal wollen sie, dass ich dabei mitmache ...

Nach Kaltenborn

von Horst Eckert

Gierig sog Rabe die morgendlich kühle Herbstluft ein, als er mit seiner Tasche nach draußen trat. Die Freiheit inhalieren – fünf Jahre lang hatte er diesen Moment herbeigesehnt. Dann fiel sein Blick auf Rita, die Blonde aus Bergheim, die ihren Opel-Corsa vor den Fahrradständern geparkt hatte. Sie hatte ihn nicht enttäuscht.

Er war sich nicht sicher, wie er sich verhalten sollte. Ein Händedruck – er spürte, dass sie ähnlich befangen war. Rabe stieg zu seiner neuen Freundin ein.

Sie startete den Motor und sagte: »Der Bewährungshelfer hat dir in Bonn ein Apartment besorgt.«

In Bonn hatte er zuletzt gewohnt. Er hatte auch schon überlegt, bei ihr einzuziehen. Rita. Gewelltes Blondhaar, am Ansatz dunkel. Eine gute Figur, fand Rabe, zumindest an den Stellen, die wichtig waren. Und ein Profil, das Entschlossenheit ausstrahlte – diese Eigenschaft hatte er bereits in ihren Briefe erkannt.

»Bloß nicht Bonn«, antwortete er.

»Wohin dann?«

»Autobahn.«

Beim Losfahren kreischte der Keilriemen der alten Karre. Rabe vermied den Blick zurück. Dieser Knast von Rheinbach war kein Ort, den man in Erinnerung behalten wollte.

Erst an der nächsten Kreuzung spähte er die Straßen entlang. Kein Mensch weit und breit, der sie zu beschatten schien, doch Rabe wusste nicht, ob er dem Frieden trauen konnte. Selbst an Ritas Motiven hatte er anfangs gezweifelt.

Als hätte sie es auf die Steine abgesehen und nur deshalb auf seine Kontaktanzeige geantwortet.

Nichts ist sicher und auf niemanden ist Verlass – Rabes Credo seit der Kindheit.

Rita kurvte durch die Stadt, den blauen Schildern folgend. Sie sagte: »Ich hab Kuchen dabei. Selbstgebacken. Mit Mangos. Ich dachte, wir weihen dein neues Zuhause ein.«

»Eins nach dem anderen. Zuerst geht's nach Kaltenborn.«

»Kalten-was?«

»Liegt in der Eifel.«

»Klingt nach 'nem gottverlassenen Kuhkaff.«

Er lachte. »Weißt du, dass du heute noch schöner bist als bei deinem Besuch im Knast?«

»Schmeichler.«

Als sie die Autobahn erreichten, beugte sich Rabe hinüber und küsste Rita auf die Wange. Er glaubte zu spüren, dass es ihr gefiel – das Eis war gebrochen.

Der Tag fing gut an. Und in wenigen Stunden würde er reich sein.

»Was willst du in dem Kaff?«, fragte Rita.

Sie hat keine Ahnung, stellte Rabe fest. Woher auch. In seinen Briefen hatte er nichts verraten, denn die Bullen überwachten die Post im Knast. Vor allem, wenn sie einen Einbrecher hatten, nicht aber seine Beute.

»Ich bin dort aufgewachsen«, antwortete Rabe.

Sie rauschten südwärts. Rechts und links bewaldete Hügel unter grauem Himmel. Keine Blätter mehr im Gestrüpp.

Rabe bemerkte, dass seine Freundin in den Rückspiegel blickte. Sofort meldete sich seine Paranoia wieder. Ein weißer Mercedes klebte an der Stoßstange. Endlich scherte der Bonzenschlitten auf die linke Spur und zog vorbei. Ein Mann mit Hut. Harmlos.

»Mit dem Kuhkaff liegst du richtig«, sagte Rabe. »Aber ein guter Kumpel von mir hat etwas für mich aufbewahrt.«

Sie warf ihm einen Blick zu. »Wenn du vorhast, rückfällig zu werden, wird das nichts mit uns.«

»Ich hab's kapiert«, sagte er. Es freute ihn, dass sie sich um ihn sorgte.

Er legte seine Linke auf ihren Schenkel. Festes Fleisch unter dem Jeansstoff, ein gutes Gefühl. Sie wehrte sich nicht. Eine Zukunft mit ihr konnte sich Rabe noch nicht recht ausmalen, aber er fand, dass sie auf dem besten Weg waren.

Sie passierten das Kreuz Meckenheim. Wieder äugte Rita in den Rückspiegel. Als fürchte sie, dass jemand mitbekam, was seine Hand anstellte. Rabe küsste ihren Hals und blickte ebenfalls nach hinten. Die Luft war rein.

»Du hast mir nie etwas über diesen Kumpel geschrieben«, sagte das Mädel und hielt sich am Lenkrad fest.

»Die Bullen. Postüberwachung, verstehst du? Bin gespannt, wie Kalle reagiert, wenn wir aufkreuzen. An eines musst du immer denken: Nichts ist sicher und auf niemanden ist Verlass.«

Er befühlte ihre Brust. Sie sagte: »Willst du, dass ich einen Unfall baue?«

Rabe lachte und deutete auf ein Parkplatzschild. »Fahr hier raus.«

Das Mädel setzte den Blinker und gehorchte. Sie rollten an weißen Bänken vorbei. Betontische, die niemand nutzte. Hinter einem Lastwagen mit niederländischem Kennzeichen stoppten sie.

Als Rabe mit klopfendem Herzen Ritas BH aufhakte, rollte ein roter Passat vorbei. Typen, die herüberglotzten. Blöde Spanner. Dann war der Passat verschwunden.

Der blinkende Punkt auf dem Monitor bewegte sich nicht vom Fleck. Ein feines Gerät, das die Kripo Köln da besaß, freute sich Kaufmann. Sie hatten es nicht nötig, dem Zielobjekt auf Sichtweite zu folgen. Sie konnten sogar vorausfahren.

»Und jetzt?«, ließ sich der Praktikant vernehmen, der mit aufgetürmter Gelfrisur hinter dem Steuer saß. »Sind wir nicht schon in Rheinland-Pfalz?«

»Egal.« Hauptkommissar Kaufmann musste aufstoßen. Nie wieder Wurstsalat, beschloss er. Zumindest nicht mit Zwiebeln.

Kaufmann dirigierte den Jungen. Vor dem Dreieck Bad Neuenahr-Ahrweiler ließ er ihn auf dem Standstreifen halten. Sogar für das Einschalten der Warnblinkanlage brauchte der Praktikant eine Anweisung.

Seinen Namen hatte Kaufmann vergessen. Aus dem Burschen würde nie ein richtiger Kriminalist werden – nicht mit dieser affigen Frisur.

»Was machen die zwei so lange?«, fragte der Praktikant.

Kaufmann wandte sich nach hinten, wo Kommissar Olschewski mit den Akten raschelte. »Ein scharfes Luder, Rabes neue Freundin. Hast du die Figur gesehen, Olli?«

Der Kollege brummte nur. Seit Tagen stellte er schlechte Laune zur Schau. Dabei traten die Ermittlungen in eine neue Phase. Rabe musste beim Einbruch in das Juweliergeschäft am Kölner Neumarkt Komplizen gehabt haben. Tippgeber, Handlanger, Schmieresteher. Die Diamanten waren nie aufgetaucht – todsicher war Rabe jetzt unterwegs, um irgendwo seinen Anteil einzufordern. Nur Olli hielt nicht viel von dieser These.

Der Praktikant räusperte sich.

»Is' was?«, fragte Kaufmann.

»Offenbar hat es Rabe doch nicht so eilig.«

Klugscheißer, dachte der Hauptkommissar. Er sagte: »Sobald er abgespritzt hat, stellt Rabe die Peilung wieder voll auf die Klunker ein. Oder was meinst du, Olli?«

Wieder nur ein Brummen, begleitet vom Rascheln der Unterlagen.

Kaufmann raunte dem Praktikanten zu: »Kollege Olschewski ist neidisch auf Rabe, weil seine Alte ihn nicht mehr ranlässt.«

»Halt's Maul«, knurrte der Kollege auf dem Rücksitz.

Kaufmann wusste, dass Olli eine Geliebte hatte. Dass es deshalb Ärger mit seiner Gattin gab. Aber Kaufmann verstand nicht, warum der Kollege deshalb die Krise schob. Er selbst war seit fünfzehn Jahren Single ohne nennenswerte Erfolge beim anderen Geschlecht. Olschewskis Lage erschien ihm vergleichsweise interessanter.

»Es blinkt nicht mehr!«, rief der Praktikant.

Zu dritt starrten sie auf den Monitor. Kaufmann drückte Tasten, ohne zu wissen, was sie bedeuteten. Der Bildschirm erlosch, dann war die Karte wieder da. Das Signal blieb verschwunden. Kaufmann gab den aufsteigenden Gasen nach und rülpste.

»Wie kann das passieren?«, erkundigte er sich bei Olli, der den Peilsender angebracht hatte.

»Batterie leer, was weiß ich.«

Auf zwei Spuren rauschte der Verkehr an ihnen vorbei in Richtung Koblenz. Kaufmann überlegte, wie lange die Turteltäubchen brauchen würden.

»Ein Opel, oder?«, fragte er.

»Corsa«, antwortete Olschewski und blätterte in irgendwelchen Unterlagen.

Der Praktikant ergänzte: »Weiß, älteres Baujahr.«

Vorlauter Kerl. Kaufmann beschloss, dem Jungspund klarzumachen, wer hier das Sagen hatte. »Worauf wartest du? Lass schon mal den Motor an!«

Dann kniff er die Augen zusammen, um die Autobahn ins Visier zu nehmen. Seine Speiseröhre brannte. Der Staatsanwalt würde ihn zur Sau machen, wenn Rabe entwischte.

Abfahrt Niederzissen. »Hier runter«, sagte Rabe in seinem Befehlston, den Rita hasste wie die Pest. Mit weißen Knöcheln umklammerte sie das Lenkrad und fragte sich, ob der Kerl ihr die Nervosität anmerkte. Auf dem Parkplatz hatte ihn seine Geilheit abgelenkt. Jetzt war es hoffentlich der Gedanke an die Diamanten.

Sie beschloss, nicht länger darüber nachzugrübeln, was sie da tat. Das war nicht sie. Das war eine andere Rita.

Die Landstraße schlängelte sich westwärts bergauf, nach ein paar Ortschaften wurde die Gegend einsam. Abgeerntete Felder und umgegrabene Rübenäcker. Viel Wald. Kaum ein Auto kam ihnen entgegen. Zweimal wechselten sie an einer Kreuzung die Richtung, dann ein Ortsschild:

Kempenich.

Rabe zeigte auf ein Haus mit verwahrlostem Vorgarten. »Hier hab ich auch mal gewohnt.«

Wieder ging es einen Hügel hoch. Rita hatte keine Ahnung mehr, wo sie waren. Sie war ausgelaufen und die feuchte Stelle im Slip fühlte sich kalt an.

Plötzlich musste sie an ihre Jugend denken. An einen Brief, den sie einst geschrieben hatte, um einen pickligen Verehrer abzuweisen. Ihre Freundin hatte den Boten gespielt. *Je ne t'aime pas* – der Kerl ließ sich nie wieder blicken. So einfach war das damals gewesen.

Kurz vor dem nächsten Weiler wies Rabe sie an abzubiegen. Der Corsa rumpelte auf eine Art Baracke zu, die an einem Bach lag. Das Bodenblech streifte Unkraut und lose Steine, bis ein Tor die Weiterfahrt verwehrte.

»Warte hier«, raunzte Rabe. »Kalles Köter hat was gegen Fremde.«

Er stieg aus. Sofort kurbelte Rita das Seitenfenster hinunter, um Rabes Geruch loszuwerden.

Zweihunderttausend war die Beute angeblich wert – Rita hätte sich nie darauf eingelassen, wenn ihr klar gewesen wäre, was sie dafür tun musste.

Rabe rief nach seinem Kumpel. Niemand antwortete. Kein Hund ließ sich blicken. Neben dem niedrigen Gebäude gammelten ein Bauwagen und einige Autowracks vor sich hin.

Die Gelegenheit, die Sache ohne Risiko abzubrechen, überlegte Rita. Sich einfach aus dem Staub zu machen.

Sie beobachtete, wie Rabe am Tor rüttelte, Steine gegen die Baracke schleuderte und den Bauwagen anbrüllte.

Ihr fiel auf, dass hohes Gras die Zufahrt überwucherte. Hier gab es keinen Kalle, schoss es ihr durch den Kopf. Seit Jahren nicht mehr.

Rita stieg aus und gesellte sich zu Rabe. Sie brachte es über sich, zu lächeln und seinen Arm zu berühren. Nachdem sie so viel investiert hatte, kam ein Rückzug nicht mehr infrage.

»Ich weiß nicht, was du vorhast«, log sie. »Aber vergiss deine Kumpels von früher. Sie bringen dich nur auf die schiefe Bahn. Der Bewährungshelfer verschafft dir einen Job. Eine Bleibe hast du schon. Lass uns nach Bonn fahren.«

»Gib mir dein Handy!«, blaffte Rabe.

Rita zögerte, dann sagte sie: »Das halte ich für keine gute Idee.«

»Wieso?«

»Kalle war damals dabei, stimmt's?«

»Nein. Ich hab's ganz allein getan.«

»Aber er hat die Beute für dich versteckt?«

Rabe blickte sich um. Leise sagte er: »Wie kommst du darauf?«

»Ich kann mir vorstellen, dass sich die Bullen dafür interessieren. Und wenn sie die Post überwacht haben, dann wissen sie über uns Bescheid.« Rita zog ihr Mobiltelefon aus der Jackentasche und hielt es ihm hin. »Du kannst es gern benutzen, aber womöglich haben es die Bullen angezapft. Ruf lieber den Bewährungshelfer an. Zieh einen Schlussstrich, wenn es dir ernst mit uns ist.«

Er zeigte schief gewachsene Zähne. Seine schwielige Hand strich über ihre Wange. »Du bist wirklich ein Schatz.«

Als sie ins Auto stiegen, war wieder sein Geruch in ihrer Nase.

»Im Ort ist eine Kneipe«, erklärte Rabe. »Das Telefon dort hört garantiert keiner ab.«

Der locker sitzende Keilriemen hörte nicht auf zu lärmen, als sie eine Backsteinkirche mit rotweißem Turm erreichten. Links die ersten Häuser Die Kreuzung dahinter schien bereits das Zentrum zu sein.

Die Kneipe gab es nicht mehr. *Eifelsonne* stand an der Scheibe. *Bräunen ab einem Euro.*

»Warte hier«, sagte Rabe.

»Vergiss die Beute. Das ist sie nicht wert.«

Er küsste ihre Wange. »Mach keine Sprüche, Süße. Es mag Leute geben, für die das nur Peanuts sind. Aber ich gehöre nicht dazu und du auch nicht.« Rabe sah auf die Uhr. »Der heutige Tag wird unser Leben verändern. Eine Million, verstehst du? Und glaub nicht, dass ich noch in Mark rechne, nur weil ich so lang hinter Gittern war.«

Rita rang sich ein Lächeln ab. Sie ballte die Fäuste, als er durch die Glastür des Bräunungsstudios verschwunden war. Eine Million Euro?

Wie hatte Rabe es ausgedrückt? Nichts sei sicher und auf niemanden sei Verlass. Da war was dran. Der schöne Scheißkerl, für den sie Rabe ausspionierte, hatte ihr bloß ein Fünftel der Summe genannt. Fiel sie immer nur auf Betrüger herein?

Rita startete den Corsa. Nichts wie weg aus diesem Intrigenspiel. Sie legte den Gang ein. Doch dann überlegte sie es sich anders und würgte den Motor ab.

Sie würde es durchziehen, jetzt erst recht. So einfach haut mich keiner übers Ohr, dachte Rita.

Der Himmel verdunkelte sich, und es sah nach Regen aus. Kleinschmitt war es Leid, die beiden Kripoleute durch die Gegend zu chauffieren. Sie hatten erwartet, dass Rabe sich zurückfahren lassen würde. Stattdessen gurkten sie nun quer durch die Karpaten.

Am schlimmsten fand Kleinschmitt den Dicken neben ihm – doof wie ein Gullydeckel und trotzdem den Chef markierend. Noch eine Woche, dann würde das Praktikum beim Kommissariat für Raub und Eigentumsdelikte überstanden sein. Die Kripo war nicht seine Zukunft, überlegte Kleinschmitt. Vielleicht stattdessen das Spezialeinsatzkommando.

Auf einer kurvigen Straße folgten sie Rabes weißem Corsa, der immer wieder außer Sicht geriet. Eine Meute auf schweren Motorrädern überholte. Als lieferten sich die Biker ein Rennen. Der Nürburgring lag nicht nur in der Nähe, er war offenbar überall.

Hauptkommissar Kaufmann steckte das Handy weg und tat kund, was er gerade recherchiert hatte: »Vermutlich ist Rabe auf dem Weg zu Karlheinz Assauer, genannt Karossen-Kalle. Hat mit seiner Werkstatt in Kaltenborn Pleite gemacht und lebt jetzt in Adenau. Dort läuft der Betrieb auf dem Namen seiner Frau. Assauer und Rabe sind im gleichen Jahr geboren, vermutlich Schulfreunde. Wetten, dass dieser Kalle der Komplize ist, den wir suchen.«

»Oder auch nicht«, brummte Olschewskis Stimme vom Rücksitz.

Kaufmann wandte sich an Kleinschmitt und verströmte Zwiebelgeruch. »Ollis Alte hat seit Wochen die Börse geschlossen, verstehst du? Wenn seine Aktien steigen, muss er sie unter der Hand verschleudern. Deshalb ist er so ungenießbar.«

Ein Ortsschild zeigte an, dass sie Adenau erreicht hatten. Eine Kapelle mit drei spitzen, hoch aufragenden Türmen. Herausgeputzte Fachwerkhäuser. Und schon führte die Straße wieder aus dem Kaff hinaus. Fast hätte Kleinschmitt übersehen, dass ihr Zielobjekt auf das Gelände einer ehemaligen Tankstelle bog, von der nur die Werkstatt geblieben war. Kleinschmitt ging vom Gas und rollte langsam vorbei.

»Zügiger, sonst bemerken sie uns«, blaffte ihn der dicke Kaufmann an. »Und in der nächsten Einfahrt stoppst du.«

Der Praktikant folgte der Anweisung und steuerte bis dicht an einen Zaun. Zwischen Bäumen hindurch erspähte er Rabe und seine Freundin, die ausgestiegen waren.

Ein hagerer Kerl im Blaumann stiefelte dem Pärchen entgegen, wischte die Hände am Overall ab und reichte den Ellbogen zur Begrüßung. Ein Kind rannte herbei. Rabe nahm es auf den Arm. Dann verschwand die Gruppe in der Werkstatt.

Lange Zeit tat sich gar nichts.

Karlheinz Assauer schluckte. Der Kloß im Hals blieb. Keiner hatte ihm gesagt, dass heute Rabes Entlassungstag war. Er selbst hatte den Gedanken daran verdrängt.

»Was soll das heißen, übermorgen?«, bellte sein Kumpel ihn an und griff nach der Bedienung der Hebebühne. Mit der Linken drückte er Julian wie einen Teddy gegen seine breite Brust. Dem Kleinen war anzusehen, dass es ihm nicht gefiel.

»Oder morgen«, antwortete Kalle. »Im Lauf des Nachmittags.«

Rabe drückte Knöpfe. Doch weil der Hauptschalter umgelegt war, tat sich nichts. Rabe wurde noch ungehaltener. »Ich will mein Auto wiederhaben! Jetzt, sofort, verstehst du?«

»Gib mir den Jungen«, mischte sich die hübsche Blonde ein, mit der Rabe aufgekreuzt war.

Kalles Schulfreund ignorierte sie. »Wo hast du meine Kiste eigentlich versteckt?«

Der Kleine strampelte. Rabe packte ihn fester. Mit der freien Hand fegte er die Werkbank frei. Schrauben und anderer Kleinkram flogen durch den Raum.

»Komm, lass ihn los. Gib mir den Kleinen«, wiederholte seine Freundin.

Kalle wusste nicht, wie er reagieren sollte. Sein Kumpel war kein schlechter Kerl. Aber er konnte durchdrehen, wenn er in Wut geriet. Kalle streckte beschwichtigend die Hände aus. »Hör zu, Alter. Dein GTI muss erst auf Vordermann gebracht werden. Er war fünf Jahre eingemottet. Ich mach das gern für dich, aber gib mir wenigstens einen Tag Zeit.«

»Jetzt!«, brüllte Rabe.

Julian begann zu weinen.

»Lass ihn los«, forderte die Blonde, jetzt mit Nachdruck.

»Halt's Maul, blöde Fotze!«

Rabe legte Julian auf die Werkbank, lockerte blitzschnell den Schraubstock und schob den Kopf des Jungen zwischen die eisernen Backen.

»Ich zähle bis drei.«

»Morgen«, versuchte Kalle ihn zu beschwichtigen. »Sag mir, wo ich den GTI hinbringen soll!«

»Eins.«

Rabe drehte die Kurbel ein kleines Stück. Der Junge wimmerte. Sein Kopf war jetzt eingeklemmt.

»Zwei.«

Der Junge rief nach seiner Mutter. Kalle konnte nicht glauben, dass Rabe imstande war, dem Kleinen etwas zu tun. Es war unmöglich.

»Drei.«

Rabe griff nach der Kurbel.

Die Blonde schrie, als sei der Teufel in sie gefahren. Julian kreischte. Kalle stockte der Atem. Er konnte nicht länger hinsehen.

Kleinschmitt glaubte, etwas gehört zu haben. Er kurbelte das Fenster herunter. Draußen war es still.

Der dicke Kaufmann fragte: »Habt ihr im Ort einen Imbiss gesehen? Unser Praktikant könnte was zum Futtern besorgen. Wer weiß, wie lange die Observation noch dauert.«

Kleinschmitt beschloss, nicht zu reagieren. Jetzt sollte er auch noch den Laufburschen spielen. Von hinten meldete sich Olschewski: »Dieser Karossen-Kalle hat sich die Diamanten jedenfalls nicht unter den Nagel gerissen. Sonst würd's hier anders aussehen.«

Licht drang durch eine Lücke in den Wolken. Kleinschmitt malte sich aus, wie ein Spezialeinsatzkommando das Gelände stürmen würde. In Sekunden wären Rabe und sein mutmaßlicher Komplize zu Päckchen geschnürt. Ein Job für ihn, dachte Kleinschmitt.

Ein schriller Klingelton ließ ihn zusammenzucken. Der Dicke fischte sein Handy aus der Ablage, lauschte und nickte dabei.

»Was gibt's?«, fragte Olschewski.

»Rabes Freundin telefoniert«, erklärte Kaufmann. »Die Kollegen im Präsidium zeichnen auf. Offenbar ...« Der Hauptkommissar unterbrach sich und drückte das Gerät fester an die fette Backe. »Wirklich?« Sein Mund klappte auf. Er wurde blass. »Ach du lieber ...«

»Was ist?«, rief Olschewski, ganz aus dem Häuschen.

»Die Lady ...«

»Red endlich!«

»Sie hat den Notruf gewählt. Da drin ist angeblich jemand schwer verletzt.«

Mittag war längst vorbei und die Kantine der Polizeidirektion Mayen hatte sich geleert. Nur Kleinschmitt hockte noch vor einem Becher Kaffee und studierte die Reste einer BILD-Zeitung, die ein Uniformierter liegengelassen hatte. Am liebsten hätte er sich wie Olschewski per Bahn vom Acker gemacht, zurück nach Köln, nachdem klar geworden war, dass die Kollegen der hiesigen Kriminalinspektion den Fall übernahmen.

Doch aus irgendwelchen Prestigegründen nahm Hauptkommissar Kaufmann an der stundenlangen Vernehmung der Zeugen teil. Und als Fahrer des Dicken musste Kleinschmitt warten.

Er malte eine Brille auf das Foto von Angela Merkel und verlängerte den Bart von Kurt Beck, bis der Mann aussah wie ein lustiger Islamist. Als Kleinschmitt im Taschenspiegel seine eigene Frisur überprüfte, schwang endlich die Kantinentür auf.

Der Hauptkommissar walzte herein und stieß einen Pfiff aus, als rufe er einen Hund. Kleinschmitt hätte ihn am liebsten ignoriert.

Sie stiefelten hinaus auf den Parkplatz. Endlich ging es nach Hause. Der Dicke fegte sich Krümel von der Wampe – offenbar hatte es bei der Vernehmung belegte Brötchen gegeben.

»Wie geht's Rabe?«, fragte Kleinschmitt, als sie in den Passat kletterten.

»Ist im Krankenhaus seinen Verletzungen erlegen. Ein Kerl wie ein Baum, aber die Lady hat mächtig draufgehauen. Was ein Wagenheber ausrichten kann ...«

»Wegen der Beute?«

»Nein, um den Jungen zu retten.« Kaufmann klappte die Sonnenblende nach unten, zeigte dem Schminkspiegel seine Zähne und stocherte mit dem Fingernagel nach Essensresten. »Rabe«, unterbrach er sich, »hat gedroht, Assauers Jungen umzubringen.«

Nothilfe, folgerte Kleinschmitt und staunte über die Frau. Er kreuzte durch Mayen, ohne sich auszukennen, bis er ein Schild entdeckte, das den Weg zur Autobahn wies.

Kaufmann beendete die Zahnhygiene. »Wenn du mich fragst, hat Kalle Assauer die Klunker veruntreut. Die hiesigen Kollegen werden sich den Betrieb in Adenau gründlich vorknöpfen. Vielleicht können sie ihm etwas nachweisen. Für uns ist die Geschichte jedenfalls gegessen.«

Die Wolken lösten sich auf, die Sonne stand tief und strahlte von rechts. Plötzlich schreckte der Dicke hoch und knurrte Kleinschmitt an: »Wo fährst du eigentlich hin, du Penner? Hier geht's zur Autobahn nach Trier, nicht nach Köln. Und setz gefälligst den Blinker, wenn du mitten auf der Straße wendest!«

Dass der Hauptkommissar recht hatte, wurmte Kleinschmitt am meisten. Minutenlang herrschte Funkstille. Als sie hinter Mendig die A61 erreichten, wagte der Praktikant, das Thema wieder aufzugreifen. »Was wird mit der Frau geschehen?«

»Wir haben sie erst einmal auf freien Fuß gesetzt. In ihrer Haut möchte ich trotzdem nicht stecken.«

»Wieso?«

»Tu nicht so, als hätte dich das Blutbad in der Werkstatt kalt gelassen. Und der kleine Junge hat jetzt womöglich einen Schock fürs Leben.«

Kleinschmitt beschleunigte und freute sich auf zu Hause. »Was sind die Diamanten eigentlich wert?«

»Eine Million. Hat jedenfalls der Juwelier damals behauptet. War gut versichert, der Mann. Inzwischen hat er seinen Laden verkauft und sich an der Agave zur Ruhe gesetzt.«

»Algarve«, verbesserte Kleinschmitt und genoss den kleinen Triumph.

Es dämmerte, und Rita hatte das Gefühl, von einem Punkt außerhalb ihres Körpers zuzusehen, wie sie ihren quietschenden Corsa durch die Gegend lenkte. Empfindungslos gehorchte sie Kalles Anweisungen. Sie hatte den Mechaniker aus Adenau gebeten, sie zu Rabes GTI zu führen. Irgendeinen Sinn musste der Schrecken der letzten Stunden doch haben.

Es fiel Rita schwer, sich den Weg einzuprägen. Ein Gehöft abseits der Straße. Eine Brücke, dann wieder bergan. Schilder wiesen zum Nürburgring. Ein Kruzifix an einem Baum. Gleich dahinter ließ Kalle sie auf eine unbefestigte Fahrspur abbiegen. Nebel auf den Feldern ringsum, Rita schaltete das Licht ein.

Die Polizei hatte sie nicht behandelt wie eine Frau, die man ins Gefängnis stecken wollte. Rabe weinte offenbar keiner eine Träne nach, aber sie musste mit weiteren Vernehmungen rechnen. Sie spürte, dass sie noch immer zitterte.

Durch Schlaglöcher schaukelten sie auf ein Waldstück zu, das wie eine schwarze Wand aufragte. Die Scheune zur Rechten hätte Rita übersehen, wenn Kalle sie nicht darauf hingewiesen hätte.

Sie stiegen aus. »Dreh dich um«, bat der schlaksige Kerl.

Rita tat ihm den Gefallen. Heimlich verbog sie den Außenspiegel und beobachtete, wie Rabes Freund an der Holzwand tastete und von irgendwo einen Schlüssel zutage förderte.

»Du kannst kommen!«, rief Kalle, stocherte im Vorhängeschloss und schob das Scheunentor zur Seite.

Rita folgte. Der Typ im Blaumann drückte einen Lichtschalter. Vor ihr glänzten drei nagelneue BMW.

Sie sagte: »Ich will lieber nicht wissen, welche Geschäfte du betreibst.«

Rabes Schulfreund schlurfte zum vierten Fahrzeug, das unter einer Plane verborgen war, löste die Verschnürung und raffte das steife Tuch zur Seite. Ein metallicblauer, mit Rostflecken übersäter Golf-GTI kam zum Vorschein.

Rita konnte es noch immer nicht begreifen. »Warum hast du ihm nicht verraten, wo sein Auto steht?«

»Siehst du das nicht?«

Sie trat näher. Die Radkappen des Golf fehlten. Die Sitze ebenfalls. Die Türen waren abmontiert und lehnten am Karosserieskelett. Keine Verkleidungen im Innenraum, keine Bodenmatten. Nacktes Blech.

Leer.

»Rabe hätte sofort gedacht, dass ich sein Vertrauen missbraucht hätte«, erklärte Kalle. »Du kanntest ihn nicht. Er konnte eigen sein in solchen Dingen.«

Rita dachte daran, dass sie Rabe näher kennen gelernt hatte, als ihr lieb war. Sie widersprach: »Aber es ging um deinen Jungen!«

»Dem hätte er garantiert nichts getan. Das war nur Bluff. Rabe ist ... er war Julians leiblicher Vater. Gerlinde, meine Frau, war früher mit Rabe zusammen. Er dachte, sie hätte mir nie etwas davon erzählt.«

Rita kämpfte gegen aufsteigende Übelkeit an. Was hatte sie getan? Jemanden erschlagen, der nicht ernsthaft gedroht hatte. Einem Jungen den leiblichen Vater geraubt. Das war nicht sie gewesen, redete sie sich ein. Die Rita, die sie kannte, konnte keiner Fliege etwas antun.

Ihr war, als bestürmten sie alle Eindrücke des Tages zugleich. Rabe, der auf dem Parkplatz an ihrer Wange keuchte. Das Wimmern des Jungen in der Werkstatt. Rabe, tot, in all seinem Blut.

Nicht durchdrehen. Nicht so kurz vor dem Ziel. Der Kerl war ein Monster gewesen, schärfte Rita sich ein. Er hatte nicht geblufft. Sie hatte den kleinen Julian gerettet – ein Junge, wie sie sich selbst einen wünschte.

Rita fiel der Mann ein, der jetzt auf ihren Anruf wartete. Nie hätte sie geglaubt, dass er sie belügen würde, als er sie auf Rabe ansetzte. Im Gegenteil. Sie hatte gehofft, dass er ihr Partner fürs Leben sein könnte.

Doch die Wahrscheinlichkeit, dass er sie nur benutzen wollte, um sich die Juwelen allein unter den Nagel zu reißen, war seit heute klar zu beziffern: eine Million zu Zweihunderttausend.

Wetten, dass er in Wirklichkeit nicht daran dachte, sich scheiden zu lassen? Mit einem hatte Rabe Recht gehabt: Nichts ist sicher und auf niemanden ist Verlass.

Kalle begann, die Plane über das zerlegte Auto zu ziehen.

»Warte!«, rief Rita.

Sie umrundete den Golf, ging in die Hocke und inspizierte die Radkästen.

»Da ist nichts«, beteuerte Kalle. »Glaub mir, mit Autos kenne ich mich aus.«

Nachdem Rita den Mechaniker bei seiner Familie in Adenau abgesetzt hatte, machte sie sich erneut auf den Weg zur Scheune am Waldrand. Zwölf Stunden waren vergangen, seit sie Rabe vor der Haftanstalt in Rheinbach an Bord genommen hatte. Ihre Rechnung war noch nicht beglichen.

Rita verringerte das Tempo. Im Licht der Scheinwerfer erkannte sie das Kruzifix, gleich darauf den Feldweg. Der Corsa krachte durch die Schlaglöcher. Der Keilriemen kreischte nicht mehr. Kalle hatte ihn mit wenigen Handgriffen repariert. Der Kerl war einfältig, aber nett.

An der Holzwand tastete Rita nach dem Schlüssel. Sie fuhr die Ritzen entlang und riss sich Splitter unter die Haut. Endlich fanden ihre Finger ein Astloch und sie hatte das Ding.

Mühelos öffnete Rita das Vorhängeschloss. Das Tor rollte zur Seite. Beim Gedanken an die Steine pochte Ritas Herz bis in den Hals.

Eine Million! Wieder verfluchte sie den Schweinehund, der sie überredet hatte, auf die Kontaktanzeige des Juwelendiebs zu antworten.

Aber jetzt war sie am Drücker.

Rabes Rostlaube. Runter mit der Plane. Rita untersuchte das Handschuhfach. Sie stocherte in den Lüftungsschlitzen und lugte unter den Reservereifen im Kofferraum. Schließlich fand sie den Hebel, mit dem sich die Motorhaube öffnen ließ.

Beim Tasten zwischen Batterie und Motorblock verschmierte sie sich die zerschundenen Finger. Sie vermisste eine Taschenlampe. Das Deckenlicht war zu schummrig, um etwas zu erkennen. Dennoch machte sie weiter, bis sie einsah, dass da nichts war

Kalle hatte recht: Als Mechaniker hätte er die Steine bestimmt gefunden, wenn Rabe sie im Auto versteckt hätte.

Ein Scharren am Tor ließ Rita herumfahren. Eine Gestalt tauchte in der Öffnung auf.

Rita duckte sich hinter den Golf und sah sich nach einer Waffe um. Nur ein Regal mit Kleinkram. Kein Wagenheber in Reichweite wie heute Vormittag in Kalles Werkstatt.

Schritte, die näher kamen.

»Rita?«

Die Stimme kannte sie nur zu gut. *Seine* Stimme.

Olschewski stand vor ihr. Offenbar war er ihr seit der Vernehmung in Mayen auf den Fersen.

Er fragte: »Warum hast du mich nicht angerufen?«

Sie streckte die Hand in seine Richtung, als könne sie ihn auf Distanz halten. »Du Scheißkerl hast mich betrogen!«

»Ach?«, erwiderte Olli. »Und auf dem Autobahnparkparkplatz habt ihr Mau-Mau gespielt, du und Rabe?«

Schweigend starrten sie sich an.

Rita senkte den Blick als erste. Sie ärgerte sich über das Zittern in der Stimme, als sie antwortete: »Rabe ist Pinkeln gegangen und ich hab währenddessen den Peilsender ausgemacht, wie du's mir gezeigt hast.«

Der Bulle wandte sich ab und durchstöberte das Regal.

Rita wurde laut: »Mach mir bloß keinen Vorwurf!«

Olli kam mit einer Plastikwanne zurück, die er unter den Wagen stellte. Wortlos hackte er mit einem Schraubenzieher in den Eingeweiden der rostigen Karre. Es tat ihr weh, dass der Bulle so gefasst reagierte und sie zu ignorieren schien.

»Und jetzt?«, wollte sie wissen.

Es tropfte. Rita roch Benzin. Olli stocherte weiter. Nimm mich lieber in den Arm, dachte sie.

Der Treibstoff ergoss sich in die Wanne. Rita vernahm ein leises Prasseln. Kleine Steine, die aus dem Tank rieselten.

Olli fischte die Diamanten aus der Benzinbrühe und bettete sie auf eine alte Zeitung.

Rita fauchte: »Zweihunderttausend, hast du mir weismachen wollen.«

»Was soll daran nicht stimmen?«

»Die sind mindestens eine Million wert.«

»Hat Rabe das behauptet? Der kannte die Summe nur aus der Zeitung. Der Juwelier hat übertrieben, um mehr von der Versicherung zu bekommen.«

»Ich glaub dir kein Wort.«

Olli teilte den Haufen in gleich große Hälften. »Du kannst die Steine abzählen, wenn du willst. Im Unterschied zu dir habe ich nicht vor, dich zu hintergehen.«

Er wickelte die Diamanten in Zeitungsseiten und trat auf sie zu. Rita wich zurück.

»Ich lasse mich scheiden«, sagte Olli.

»Das behauptest du, seit wir uns kennen.«

»Jetzt hab ich ernst gemacht. Heute früh bin ich ausgezogen. Ich dachte ...«

»Was dachtest du?«

»Dass es mit uns beiden ...«

»Rühr mich nicht an«, sagte sie, obwohl er keine Anstalten dazu machte.

Leise entgegnete er: »Sag, dass alles nur ein Missverständnis war. Dass du mich noch liebst.«

Rita schüttelte den Kopf, drückte sich an Olschewski vorbei ins Freie und rannte zu ihrem Auto. Mit dem Ärmel wischte sie sich die Tränen aus dem Gesicht.

Der Mond war aufgegangen und ließ den Nebel leuchten. Es sah künstlich aus, fand Rita. Wie eine Filmkulisse.

Ihr fiel ein, dass die Juwelen dem Jungen zustünden, der seinen leiblichen Vater verloren hatte. Dann dachte sie, es sei gut, dass Rabe tot war. Nach einer Weile wurde ihr klar, dass nichts davon stimmte.

Am liebsten hätte sie den heutigen Tag aus ihrem Leben gestrichen. Er hatte sie verändert, und sie wusste nicht, ob ihr die neue Rita gefiel.

Sie startete den Motor und knipste die Scheinwerfer an. Olschewski stand vor dem Auto und blinzelte im grellen Licht.

Rita kurbelte die Scheibe herunter. »Behalt die Steine! Mach, dass du nach Hause kommst!«

»Geht nicht. Ich hab kein Zuhause mehr.« Er trottete näher. Die Tüten aus Zeitungspapier stanken nach Benzin. Seine wasserblauen Augen fixierten sie.

»Was willst du?«, fragte Rita.

»Sag du's mir.«

»Hast du Lust auf Mangokuchen?«

Auf dem Rückweg ins Rheinland zappte sie durch die Kanäle ihres Autoradios, um die schrecklichen Bilder aus ihrem Kopf zu verscheuchen. Sie fand einen Sender, der ruhigen Jazz spielte. Olli folgte in seinem Wagen. Rita wusste, dass auch er diese Musik mochte.

Sie nahm sich vor, ihn bei sich auf dem Sofa pennen zu lassen. Morgen würde sie ihm sagen, wie sie sich entschieden hatte.

Dann würde sie wissen, wer die neue Rita war.

Aufruhr am Rursee

von Angela Eßer

»Verdammt ...«, Heiner Hollmann schlug mit der flachen Hand auf das Lenkrad. Das Wochenende hatte so gut angefangen. Das Wetter war perfekt, und er hatte es endlich geschafft, dass Juliane einen Surfkurs machen wollte. Gut gelaunt wie lange nicht mehr waren sie in die Eifel gefahren. Wie immer zu Manni an den Rursee. Aber kaum waren sie angekommen, da hatte ausgerechnet der Chef angerufen. Problem mit dem Großrechner. Wieder mal. Also hatte er zurück gemusst. Bereitschaft war Bereitschaft, daran war nun mal nichts zu ändern. Heiner seufzte.

Das Leben könnte so wunderbar sein.

Alles könnte wie früher sein.

Könnte, könnte ...

Aber nichts war mehr wie früher, und das hatten sie nur dieser blöden Ziege aus Hillesheim zu verdanken. Heiner fluchte.

Wenn sie damals doch bloß nicht an den Freilinger See gefahren wären.

Wenn sie nicht unbedingt in dieser Kneipe hätten essen müssen.

Wenn das Wetter nicht so beschissen gewesen wäre.

Wenn, wenn, wenn ...

Er ließ sich den letzten Sommer noch einmal durch den Kopf gehen und fand, wenn er sich's genau überlegte, dass eigentlich Manni an allem schuld war, denn der hatte damals Moni unbedingt an den Tisch holen wollen. Heiner schlug bei der Erinnerung wieder mit der Hand aufs Lenkrad und stöhnte.

»Oooch«, hatte Manni damals gesagt und gegrinst, »schaut doch mal, dat arme Mädchen sitzt da so ganz alleine ...«

Von wegen *armes Mädchen*. Das hatte Manni dann auch ganz schnell kapiert. Zu einem One-night-stand hatte er sie nicht ins Bett gekriegt, und das Weiber-Gequatsche war ihm und Heiner ziemlich schnell auf den Geist gegangen. Nur Jule war von Moni völlig begeistert gewesen und hatte jedes Wort aufgesogen wie einen Schwamm. Und dann hatte Moni ihr auch noch die Bücher gegeben.

Diese verdammten Bücher!

»Damit dir bei dem Wetter nicht so langweilig wird«, hatte sie dabei zu Jule gesagt.

Langweilig, langweilig ... Was sollte denn der Quatsch? Jule war mit Manni und ihm zusammen an den See gefahren, da konnte ihr doch wohl nicht langweilig sein, und nur weil es geregnet hatte, musste sie ja nicht unbedingt die ganze Zeit Monis Bücher lesen, oder? Zum Surfen waren sie an den Freilinger See gefahren und zu nichts anderem. Dass es geschüttet hatte wie aus Kübeln und dass Jule sich nicht mal an den See hatte setzen können, um ihnen zuzuschauen, daran war er doch nicht schuld gewesen.

Eifel-Regen!

Deswegen, und nur deswegen, war er damals so dämlich gewesen und hatte Jule und Moni nachgegeben, als sie mit dem Vorschlag ankamen, diese bescheuerte Burg zu besichtigen und wandern zu gehen.

Wandern!

Heiner verdrehte die Augen. Trotz des Regenwetters hätten er und Manni auf den See gehen können. Der Wind war ideal. Stattdessen waren sie stundenlang zwischen alten Steinen herumgelatscht. Für was? Heiner schnaufte. Wäre Moni doch damals einfach bei einem ihrer dämlichen Lachanfälle erstickt oder von der Burgmauer gekippt. War sie aber nicht, sondern sie war Jules beste Freundin geworden, und seitdem war alles anders. Vor allem bei Jule. Manchmal kannte er seine eigene Frau nicht mehr wieder. Nichts war mehr wie früher. Es gab keinen Sauerbraten mehr, die Bügelwäsche stapelte sich tagelang im Wohnzimmer, und überall lagen Bücher.

Heiner merkte, wie im die Galle hochkam, wenn er an Moni dachte. Und vor allem, und das ärgerte ihn am meisten, hatte Jule auf einmal keine Lust mehr gehabt, einfach nur am See zu sitzen, wenn sie am Wochenende in die Eifel gefahren waren. Keine Lust mehr, ihm beim Surfen zuzuschauen und auf ihn zu warten. Stattdessen war sie mit Moni quer durch die Eifel gefahren. Von Monschau bis Trier, von Stadtkyll bis Maria Laach. Wobei das gar nicht mal so schlimm gewesen war, das hatte er gerade noch verkraften können. Hauptsache, sie war abends wieder da. Wenn nur nicht permanent die anderen Männer gewesen wären ...

»Und? Mit wem gehst du heute ins Bett?«, hatte er sie manchmal abends scherzhaft gefragt, obwohl der Groll in seiner Stimme nicht zu überhören war. Nicht, dass sie nicht ab und an auch mal mit ihm ins Bett ging, aber es hätte eben doch öfter sein können. Früher hatte sie wenigstens noch ein schlechtes Gewissen bekommen, wenn er sie gefragt hatte, aber mit der Zeit war sie wohl die ewigen Diskussionen leid geworden und hatte vermutlich keine Lust mehr gehabt, sich zu entschuldigen. Sie zuckte nur noch kurz die Schultern und wollte einfach nur ihren Spaß haben. Und den hatte sie. Mit Georg, Guido, John, Kurt und wie sie alle hießen. Ab und an war auch eine Frau dabei, allerdings selten.

Am schlimmsten aber war dieser Siggi, mit dem musste er das Bett am meisten teilen. Der hatte irgendwann die meisten

Konkurrenten aus dem Feld geschlagen. Wie der das allerdings geschafft hatte, würde Heiner ein ewiges Rätsel bleiben. Stundenlang konnte Jule ihm von *ihrem* Siggi erzählen. Anfangs hatte er ja noch zugehört, was dieser Siggi und seine Kumpane den lieben langen Tag in der Eifel so trieben, aber irgendwann hatte er keine Lust mehr gehabt.

Siggi ... dieser elendige Siggi Baumeister.

Heiner merkte, wie nicht nur die Galle hochkam, sondern gleich Gift und Galle zusammen. Vor allem, wenn er daran dachte, dass er tatsächlich bereit gewesen war, fast jeden Tag Eier mit Bratkartoffeln zu essen, denn »Siggis Spiegeleier à la Gloria Gaynor« waren mit der Zeit auch das Lieblingsrezept von Jule geworden. Er war sogar einverstanden gewesen, eine Katze anzuschaffen und abends diese grauenvolle Jazzmusik zu hören. Nur beim Teich hatte er gestreikt. In seinen Garten kam kein Teich. Sie fuhren doch so oft wie möglich an einen der Seen in der Eifel, da brauchte es doch nicht noch einen Teich im Garten. Er hätte Jule liebend gern jeden Wunsch erfüllt, denn schließlich war sie sein Ein und Alles, aber was zuviel war, war zuviel.

Heiner schüttelte den Kopf. Jule hatte ihm versprochen, ihr Leben mit ihm zu teilen, und sie war ihrem Versprechen auch treu geblieben, bis diese verdammte Moni mit ihren Büchern und diesen Typen aufgetaucht war. Und jetzt? Zu dritt im Bett, das war auf Dauer eine Zumutung, und das konnte so nicht weitergehen. Es musste Schluss sein.

Moni gehörte auf den Mond und Siggi Baumeister ins Bücherregal irgendeiner Bibliothek oder Buchhandlung, aber nicht in sein Schlafzimmer.

Jule gehörte ihm. Er wollte sie mit niemandem teilen, weder mit Moni noch mit so einem dahergeschriebenen Siggi.

Moni musste aus Jules Leben verschwinden.

Ohne Moni wäre alles besser.

Ohne Moni keine anderen Männer mehr im Bett.

Ohne Moni hatte er seine Jule wieder nur für sich alleine.

Moni, Moni, Moni ...

Je länger er nachdachte, desto klarer wurde ihm das alles, und kurz vor Euskirchen hatte Heiner schließlich die Lösung für sein Problem. All seine Versuche, diese Zicke in die Flucht zu schlagen, waren fehlgeschlagen, und je mehr er versucht hatte, Moni seiner Jule madig zu machen, um so mehr hingen die beiden an einander.

Jetzt musste einfach Manni ran. Logisch. Manni musste seinen Mist vom Freilinger See wieder ausbügeln. Er griff zu seinem Handy und suchte im Telefonverzeichnis Mannis Nummer.

»Gehst du heute auf den See?« Heiner versuchte locker zu klingen.

»Wie immer. Warum frachste dat denn?«

»Weil du heute auf dem See was zu erledigen hast, Manni«, Heiners Stimme wurde lauter.

»Wat gibbet denn so Wichtiges auf dem See zu erledigen?«, dröhnte es lachend aus der Leitung.

»Du musst Moni aus der Welt schaffen«, Heiner merkte, wie leicht ihm das über die Lippen ging.

»Versteh' ich nicht«, kam von Manni zurück.

Heiner holte tief Luft. »Manni, stell dich jetzt nicht blöder als du schon bist. Seit der Geschichte am Freilinger See geht Moni Jule nicht mehr vom Rockzipfel, und was aus meiner Jule geworden ist, siehste doch selber. Und daran bist du schuld.«

»Aber sie macht doch jetzt den Surfkurs. Heute ...«

»Sie macht ihn nur, weil *Moni* mitmacht«, unterbrach in Heiner energisch. »Wenn du willst, dass unsere Ehe irgendwann nicht mehr nur noch auf dem Papier steht, hast du jetzt was wieder gerade zu biegen. Sie muss weg! Abtauchen, verstehst Du?«

»Ja, ja, is ja schon gut, aber geht dat nicht auch irgendwie anders?«, kam es aus dem Hörer.

»Nein.« Heiner merkte, wie er dabei die Zähne aufeinander presste. Es durfte jetzt kein Zurück mehr geben.

»... und wenn jemand wat merkt?«

»Wer denn? Die sind doch bei so einem Anfänger-Kurs am ersten Tag alle genug mit sich selbst beschäftigt. Da guckt keiner, was der andere macht. Bis einer was merkt, ist schon alles vorbei.«

»Wenn du et sachst«, meinte Manni.

»Ja, das sage ich. Und wenn du alles erledigt hast, rufst du mich an, verstanden?«

»Alles klar, Mann. Auf mich kannste dich verlassen, weißte doch.«

Zwei Stunden später saß Heiner wieder im Auto und war zurück auf der Fahrt an den Rursee. Der Rechner lief wieder, und auch Manni müsste jetzt seinen Job erledigt haben. Heiner nahm einen tiefen Schluck aus der Wasserflasche und biss ein Stück vom Müsliriegel ab. Bald würde seine Welt wieder in Ordnung sein. Die Katze würde er seiner Mutter schenken, die würde sich bestimmt freuen. Er rülpste. Auch die Spiegeleierorgien hätten endlich ein Ende, und es würde wieder vernünftige Sachen zu essen geben. Vor allem Sauerbraten. Er schaltete gerade das Radio an, um schon mal den Jazzsender umzuprogrammieren, als sein Handy klingelte.

»Heiner?«

Er nahm automatisch den Fuß vom Gaspedal. Hinter ihm hupte jemand. »Manni? Alles erledigt?«

»Alles paletti!«, kam es im Flüsterton aus dem Hörer.

Heiner konnte ihn kaum verstehen. »Ist alles glatt gelaufen?«

»Wunderbar, alles ganz wunderbar«, flüsterte Manni zurück. »Von unten reingezogen. War ganz easy.«

»Fantastisch. Kaum zu glauben!«

»Ich hab die Matthiesen auch gleich mit erledigt.«

Heiner stieg mit dem Fuß auf die Bremse. »Was hast du?«, brüllte er. Das Hupen hinter ihm wurde lauter.

»Jetzt schrei doch nicht so, ich hör dich gut. Die Matthiesen von nebenan ... die kennst du doch ... gleich neben mir ... habe ich gleich mit platt gemacht, die ging mir mit ihrer ewigen Meckerei sowieso auf den Keks.«

»Sag mal, hast du sie noch alle?«, Heiner war außer sich. »Du solltest Moni ... verdammt noch mal, das solltest du tun, um meine Ehe zu retten, aber nicht um ...«

»Reg dich ab, Junge. Erstens hab ich der Menschheit einen Gefallen getan und außerdem, wenn gleich mehrere an einem Tag absaufen, fällt dat weniger auf.«

Heiner stutzte und wurde hellhörig. Mehrere? »Was heißt das, Manni? Was meinst du mit *mehrere*?«

»Du kennst doch Horst und Sieglinde, die den Surfladen an der Ecke haben? Ich hab gedacht ... *Mannis Surfladen* hört sich doch viel besser an, findest du nicht auch? Ich hab ...«

Heiner hörte den Rest nicht mehr, er presste nur noch den Fuß aufs Gaspedal.

Er sah den Menschenauflauf am Ufer schon von weitem. Mittendrin seine Jule. Heiner blieb stehen und hielt den Atem an. Da stand noch eine Frau im Neoprenanzug der Surfschule. Er brauchte kein zweites Mal hinzuschauen. Das war eindeutig Moni. Sie hatte zwar das Handtuch von der Wasserwacht um die Schultern, und er sah sie ununterbrochen husten, aber sie stand da. Und das quicklebendig! Langsam ging er auf die Gruppe zu. Auf dem Boden sah er Decken liegen. Füße guckten unten heraus. Drei Paar Füße. Das mussten Sieglinde, Horst und die Matthiesen sein.

Was hatte Manni hier nur veranstaltet?

Und dann sah Heiner, dass jemand Jules Hand hielt. Ein Mann, der eine von diesen Anglerjacken trug und Pfeife rauchte. Heiner fragte sich, was die Typen nur alles in diesen Taschen mit sich rumschleppten. Er grinste. So bescheuerte Jacken hatten auch immer seine Monteure an und auch Fotografen. ... Fotografen!

Heiner blieb stehen.

Fotograf, Jacke, Pfeife ... die Pfeife!

So wie den Typen hatte Jule ihm diesen Siggi Baumeister beschrieben.

Blödsinn, absoluter Blödsinn. Heiner schloss die Augen und atmete tief ein, er fing ja schon an zu fantasieren. Er schaute sich die anderen Leute am Ufer an.

Schmitt war da, der dicke Heinemann und die Fischer-Anne auch. Ein richtiger Aufruhr. Klar, wenn es was zu gucken gab, kamen sie alle gleich aus ihren Löchern. Neben Jule stand noch ein Mann. Ein Älterer, der beruhigend den Arm um Moni gelegt hatte und eine Zigarre paffte. Und hinter ihm eine Frau, die lautstark in ein Handy redete. Holländischer Akzent. Wortfetzen, die zu ihm hinüberwehten, hörten sich wie holländisch an, oder so ähnlich wenigstens. Er hörte »Danke ... alles im Griff ...« und er hörte auch noch »Kischkewitz hat ...« und »... schon unterwegs ...«.

Kischkewitz ... Kischkewitz ... Heiner griff sich unbewusst ans Ohrläppchen, so wie er das immer tat, wenn er nachdachte. Das war ein Name, da war er sich ganz sicher, den hatte er schon einmal gehört. Kischkewitz, verdammt noch mal, woher kannte er den nur?

Heiner blickte noch einmal auf die Frau, die aufgehört hatte zu telefonieren und jetzt mit diesem Pfeifen-Typen und dem älteren Mann redete. Diese Frau, die sah doch aus wie diese,... wie hieß sie noch? Genau, Emma. Und der Alte, dass musste dann dieser ... Heiner kniff die Augen zusammen. Es half alles nichts, er kam nicht auf den Namen, aber er erinnerte sich, dass der so ähnlich hieß wie eine Brillenfirma.

Da waren ja alle beisammen. Die gab es wirklich? Heiner musste schluckten und schüttelte fassungslos den Kopf. So hatte ihm Jule die Truppe um Siggi Baumeister beschrieben. Stundenlang! Deswegen erkannte er sie jetzt auch alle sofort.

Aber das war doch unmöglich, die konnten doch hier nicht am helllichten Tag am Rursee stehen, die gab es doch alle nur als Buchstaben!

Fassungslos, wie festgenagelt stand er da, keinen Schritt brachte er mehr nach vorne. Und wenn es diesen Baumeister wirklich gab, wer hatte dann diesen verdammten Scheißkerl angerufen? Kaum hatte er die Frage zu Ende gedacht, wusste er auch schon die Antwort.

Jule!

Seine Jule hatte ihn angerufen. Wie sie an die Nummer gekommen war, spielte jetzt auch keine Rolle mehr. Seine Jule hatte Siggi Baumeister angerufen. Er schüttelte den Kopf.

Heiner starrte noch einmal auf die ganze Gruppe und seine Jule, die mit Siggi Baumeister redete. Er zwang sich, langsam weiter zu gehen und hörte zum ersten Mal die Stimme von Baumeister.

»Jule ...«

Und dann sah er das Leuchten in Jules Augen. Heiner hatte ein Gefühl, als würde ihm jemand den Boden unter den Füßen wegziehen.

»Kischkewitz ist auch gleich da und die Haftbefehle sind raus. Dank Monika haben wir ...«, vernahm er nur noch wie durch Watte und hatte das Ende vom Satz schon nicht mehr richtig verstanden. Das musste wieder diese Emma gewesen sein. »Kindchen«, hörte er weiter und sah, wie sie dabei seine Jule ihn den Arm nahm, »du musst jetzt stark sein. Aber besser ... wie sagt man bei euch? Besser ein Ende mit Schrecken ...«

»... als ein Ende ohne Schrecken«, ergänzte der alte Mann.

Heiner fiel der Name immer noch nicht ein. Plötzlich sah er nur noch diese Menschen. Er sah keinen Rursee mehr, keine Surfer, keine Schaulustigen und auch nichts anderes mehr. Nur den Alten, Emma, Jule und Baumeister.

»Es ist immer das gleiche oder heißt das dasselbe? Egal ... Neid, Geld, Eifersucht, Rache, Missgunst ...«, sagte Emma.

»... oder Liebe«, ergänzte der Alte wieder.

Heiner sah, wie Baumeister nickte. Von was redeten die denn da?

»Baumeister, willst du, oder ...?«, fragte Emma.

»Ist schon in Ordnung«, sagte Baumeister und zog an seiner Pfeife. »Jule, euer Freund Manni hat hier mal eben am Rursee eine etwas größere, wenn auch«, Baumeister räusperte sich, »äußerst makabere Aufräumaktion gestartet ...«

Heiner sah, wie Jule ihn aus großen Augen anstarrte.

»... aber ganz so einfach ist die Sache nicht.« Baumeister zog noch einmal an seiner Pfeife. »Jule, bist du einverstanden, wenn ich dich jetzt etwas ganz Persönliches frage?«

Jule nickte.

Baumeister schaute erst zu Emma, dann wieder zu Jule.

»Liebst du deinen Mann?«

»Ja, aber ... seit ich mit ...«, Jule unterbrach sich, » seit ich Moni ... also seit ich ...«

Baumeister nickte wissend. »Dieser Manni hat die Matthiesen, Sieglinde und Horst auf dem Gewissen, aber der Mordversuch an Moni ...«, er hielt inne und schaute Moni kurz an, »... das war eigentlich der Auslöser.«

»Wie? Der Auslöser?«, fragte Jule.

»Sie war das eigentliche Opfer. Moni sollte verschwinden, damit du wieder ganz für ihn da sein kannst.«

»Für wen ganz da sein?«, Jule schaute zuerst ratlos zu Moni hin, dann wieder zu Baumeister.

»Für Heiner, deinen Mann.«

»Heiner?«, Jule blieb der Mund offen stehen. Sie ließ den Kopf hängen. »Unmöglich, das kann nicht sein ...« murmelte sie. Moni kam auf sie zu und nahm sie in den Arm.

Heiner hörte Jule schluchzen und wusste in diesem Augenblick, dass er sie nicht verloren hatte. Ihm schossen vor Glück die Tränen in die Augen. Er holte tief Luft und wollte gerade ihren Namen rufen, als er sah, dass Jule, seine Jule, ihren Kopf hob und dass sich ein Lächeln über ihr Gesicht ausbreitete. Das war Liebe, wahre Liebe ...

Sein Herz schlug schneller. Sie liebte ihn!

»Ich habe es gewusst«, hörte er sie sagen und ihr Lächeln wurde strahlend, »ich habe es gewusst!«

Heiner lief los. Jule!

»Ich wusste es. Ich wusste es!« Jules Stimme wurde triumphierend, klang wie beseelt. »Es konnte gar nicht anders sein! Wenn einer diesen Fall löst, dann nur mein Siggi Baumeister.«

Nachtzug

von Daniel Twardowski

Es hatte vor allem deswegen so oft geklappt, weil schon die geringste Aussicht auf ein nettes Stück Arsch, harmlos, straflos, kostenlos, bei den meisten Männern immer noch den Verstand schockfrostet. So erfolgreich war es, weil die meisten aus Luxemburg kamen. So erfolgreich, dass sie manchmal ein halbes Jahr davon leben konnten.

Jenny hatte inzwischen einen Blick für die richtigen Männer und steuerte mühsam die Wagen der 1. Klasse an, während der Nachtzug in den unteren Schleifen der Kyll schlingerte. Schon das zweite Abteil war perfekt: Ein einzelner Mann, um die fünfzig, leger aber edel gekleidet, lederne Reisetasche; ein Geschäftsmann eben, der so tut, als sei er Tourist. Als sie umständlich mit der Tür klapperte, sah er misstrauisch hoch. Zoll? Steuerfahndung? Jetzt noch? Hier noch? Dann erkannte er ihre Behinderung und sprang hoch, als hätte er eine Feder im Hintern, um ihr die Tür aufzuhalten.

»Entschuldigung«, sagte Jenny. Sie konnte schon in der Schule auf Kommando rot werden. »Das ist mir schrecklich peinlich, aber es ist sonst niemand da.« Der Gips, der ihren rechten Arm von den Fingerkuppen bis weit über den Ellenbogen bedeckte, juckte immer so fürchterlich, dass sie ihre Nervosität kaum noch spielen musste. »Könnten Sie mir vielleicht behilflich sein?« Und schwitzen. Nicht so, dass es tropft, nur bis zum verschämten Glänzen. »Ich müsste dringend mal zur Toilette!«

Der Mann war zuerst überrascht, danach amüsiert, und dann geilte er sich daran auf, alles in drei Sekunden. Jenny erkannte es am Glitzern in seinen Augen.

Als Marek aus dem Zug stieg, schlug sein Herz so hoch im Hals, dass er kaum noch schlucken konnte. Soviel war es noch nie gewesen, mindestens zwanzigtausend, im Schuhfach der Reisetasche. Jenny war sensationell. Als der Zug weiterfuhr, holte er tief Luft und ließ sie in seiner Lunge, bis es wehtat. Er würde nie verstehen, wie Jenny es schaffte, bei all dem so cool zu bleiben. Er legte die Tüte mit dem Geld und den Papieren des Mannes in das Staufach unter dem Sitz des Motorrads. Zwanzigtausend! Was könnten sie damit alles machen!

Wie immer wurde er ruhiger, als er den Zündschlüssel drehte, als seine Hände auf den schwarzen Griffen der Lenkung lagen und das Vibrieren des Motors ihm das Rückgrat hochlief wie die flinken Finger einer erfahrenen Hure. Zwischen Kyllburg und Gerolstein konnte er voll aufdrehen und holte den Zug ein. Hin und wieder sah er ihn, hoch auf dem Bahndamm, neben sich, ein rasendes Irrlicht im Wald, hinter den schwarzen Bäumen hervorbrechend, fauchend. Jetzt lag er schon weit zurück, und als der Bahnübergang von Birresborn frei war, wusste Marek, dass er ihn hatte.

Er stellte sich im Schatten des Bahnhofs auf, hörte den Zug einfahren, abfahren, aber Jenny kam nicht heraus. Marek stellte das Motorrad ab, ungutes Gefühl, zwanzigtausend! und lief durch den Bahnhof, sah nur die schmutzige kleine Unterführung, den leeren Bahnsteig. Jenny war nicht ausgestiegen. Marek folgte dem Zug noch fünf Stationen lang, aber er holte ihn jetzt nicht mehr ein. Immer war er schon weiter, wenn Marek kam und hatte Jenny nicht ausgespuckt.

»Schädelbruch, hinten links.«

»Erschlagen?«

»Sie könnte auch auf die Kante der Toilette gefallen sein.«

»Geschlechtsverkehr?«

»Nein, aber er hat's wohl versucht. Da sind eine Menge Schamhaare ausgerissen.«

»Todeszeitpunkt?«

»Zwischen zwölf und eins.«

»Wo war der Zug da?«

»Zwischen Bitburg und Kall.«

»Endlich mal ein klar umrissener Tatort.«

»Ja, aber das beste kommt noch. Ihr Arm, also der Gipsarm ...«

»Ja?«

»Der war überhaupt nicht gebrochen!«

Kommissarin Meylage runzelte die Stirn, während ihr junger Kollege Feldmann bei seinen Worten strahlte, als hätte er Amerika entdeckt. »Und was sagt uns das?«

»Ruf mal bei den Kollegen von Raub und Diebstahl an«, erwiderte Meylage. »Ich brauche alles über Diebstähle in Zügen, sagen wir: aus den letzten drei Jahren.«

»Sie war ein Lockvogel!« Feldmann grinste wie ein satter Säugling.

»Stell lieber ihre Personalien fest«, sagte die Kommissarin.

Immer der gleiche schmutzige Film. Die enge Kabine, Pisse und Chlor oder sonst ein Desinfektionsmittel; er bekam den Geruch nicht mehr aus der Nase. Die Nähe, die Wärme des Mädchens, die enge Jeans, kaum über die Hüften zu bringen. Ihr weißer Bauch, der schwarze Pelz, der ihm unter der billigen Bluse so plötzlich entgegensprang. Die festen Hinterbacken, die er nur kurz berührte, ganz kurz, zu kurz, als er den Slip runterzog. Schwitzen, Räuspern, falsches Lächeln. Den Rest schaffen Sie wohl allein?

Er hatte sich taktvoll umgedreht, aber im Spiegel alles gesehen. Wie sie die Bluse nach oben raffte, mit der linken Hand, unters Kinn. Wie die Bluse da einfach nicht bleiben wollte, als das Mädchen – Herrgott, sie könnte meine Tochter sein – in die halbe Kniebeuge ging – Nur nicht berühren, mein Arsch ist sauberer als die Klobrillen der Deutschen Bahn – Bomberpilot, dachte er, wir nannten das Bomberpilot, damals beim Bund. Er grinste ein Jungengrinsen.

Wie sie sich festhält, abstützt mit der linken Hand, die rutschende Bluse unterm Kinn. Wie sie kämpft, verliert, den Blusenzipfel schließlich in ihren Mund nimmt. Wie sie hersieht zu ihm, wie sie sieht, dass er guckt. Wie sie zu lächeln versucht, was nicht leicht ist, mit einem Blusenzipfel im Mund, mit nacktem Arsch, mitten im Pinkeln; stoßweise jetzt, noch mal und noch mal. Die Vorstellung ihres nassen Geschlechts, das sich öffnet und schließt. Blut schießt in den Unterleib, ganz plötzlich, fast wie ein Schlag. Ein Schlingern, sie taumelt. Er springt zu ihr hin, ganz Gentleman, fasst sie unter den Armen, berührt ihre Brüste dabei. Und dreht sich rasch wieder um, fast erschrocken; aber die Beule in seiner Hose hat sie jetzt sowieso gesehen. Plötzlich ist es so still, dass er das Kratzen des Toilettenpapiers auf ihrem Schamhaar hört. Alles wird dunkel, und in der Dunkelheit sagt seine eigene Stimme: Lassen Sie mich das machen!

Marek liegt auf dem Bett, und er weiß es. Es steht schon im Internet, Mord im Nachtzug. Wäre er schneller gewesen, hätte er was geahnt! Er weint nicht, aber er zwinkert auch nicht mehr, starr die Augen zur Decke gerichtet. Schweiß sammelt sich in der Kehlgrube, langsam, so, wie die Zeit verrinnt. Er sieht Jenny nicht, aber seltsamerweise kann er sie hören, hört sie lachen. Zwanzigtausend! Was hätten sie damit alles gemacht? In seinen Händen die Papiere des Mannes. Er braucht nur noch ein Telefonbuch.

»Jennifer Strobel aus Trier, einundzwanzig.«

»Beruf?«

»Studiert angeblich.«

»Familie?«

»Alles sehr bürgerlich.«

»Gab's mal Ärger?«

»Nur in den letzten zwei Jahren. Sie wollte wohl kein Abi mehr machen ...«

»Ein fester Freund?«

»Vishniac, Marek, fünfundzwanzig.«

»Beruf?« fragte Meylage.

»Krankenpfleger«, antwortete Feldmann.

»Gips!«, sagten dann beide so gleichzeitig, dass sie darüber lachen mussten.

Es regnete schon den ganzen Tag; ein dünner grauer Regen, der überallhin drang und kein Geräusch verursachte. Er hatte keine Minute geschlafen, nur an das Mädchen gedacht. Nicht! Bitte!! Was sollte er seiner Frau sagen? Du siehst furchtbar aus, stimmt was nicht? Was sollte er über das Geld sagen? Stell dich nicht so an! Ich hab nur schlecht geschlafen. Wegen gestern? Als sie schreien wollte, hatte er ihr den Mund zugehalten, die rechte Hand hart zwischen ihre Beine gekrallt. Zuviel Aufregung, armes Bärchen! Es war feucht und heiß zwischen ihren Beinen. Er versuchte zu grinsen. Ich werde zu alt für sowas. Komm schon, du willst es doch! Sie küsste ihn auf die Wange, flüchtig, wie tausendmal. Sie wehrte sich, aber der Gipsarm behinderte sie.

Er keuchte. Tja, alt muss man sein, reich muss man sein! Sie versuchte, ihm ein Knie zwischen die Beine zu rammen, aber sie verhedderte sich in der runtergezogenen Jeans. Und das Geld ist im Safe? Sie fiel. Er fiel auf sie, hörte etwas knacken und dachte noch, es wäre die Klobrille. Es klingelte an der Tür.

»Keine großen Diebstähle gemeldet, aber das ist auch kein Wunder.«

»Warum?«

»Die meisten kommen wahrscheinlich aus Luxemburg ...«

»Schwarzgeld!«

»An sich eine saugute Masche«, stellte Feldmann mit professioneller Anerkennung fest. »Sie lockt die Kerle aufs Klo, er beklaut sie, steigt an der nächsten Station aus, pickt sie an der übernächsten auf ...«

»Und die Opfer halten das Maul, weil sie das Geld sowieso nicht haben dürften«, ergänzte Meylage.

»Vielleicht hat der letzte mittendrin was gemerkt?«

»Oder er wollte mehr, als ihr nur beim Pinkeln zusehen.«

»Schreiben wir Vishniac zur Fahndung aus. Hoffentlich kann er den Kerl beschreiben, sonst kriegen wir ihn nie.« Feldmann seufzte vor Enttäuschung.

»Moment!« Kommissarin Meylage stutzte. »Also, die haben den Mann beklaut.«

»Ja. Aber nachdem er das Mädchen umgebracht hat, wird er das wohl kaum anzeigen.«

»Nein. Aber dann hatte er doch gestern Nacht kein Geld...«

Feldmann ging der Mund auf. Dann griff er mechanisch zum Telefon: »Hallo, ich bin's. Checkt doch mal die Taxistände an den Stationen von Bitburg bis Köln. Wir suchen jemanden, der gestern Nacht nicht bezahlen konnte.«

Er legte auf und versank in finsterem Schweigen. »Scheiße!« rief er dann so plötzlich, dass die Kommissarin aufschaute. Er grinste säuerlich. »Ich bin so blöd, und du bist so schlau!«

Marek stellte das Motorrad direkt an der Bundesstraße ab. Da würde es jedem auffallen, aber das war jetzt egal. Er ging ein kurzes Stück durch den Wald, bis der Bahndamm vor ihm aus der Erde wuchs, hoch, steil, schwarz in der Nacht. Es regnete immer noch, und er rutschte ein paar Mal aus, als er hinaufkletterte. Einzelne Steine rollten unter seinen Füßen weg, schlugen mit hellem Klacken gegeneinander, fielen dann dumpf ins Gras und blieben endlich liegen. Oben war es so still, dass er Jenny wieder lachen hörte. Er weinte jetzt doch. Die Tränen liefen über sein Gesicht und verloren sich im Regen.

»Bingo!«, sagte Feldmann, als er das Gespräch weggedrückt hatte. »Euskirchen, Godesberger Straße 134.«

»Worauf warten wir?« fragte Meylage.

Aber als sie hinkamen, waren die Kollegen schon da, alles abgesperrt, die Spurensicherung voll im Gange. Es sah nicht nach einem Kampf aus, eher nach einer Flucht. Ein paar Möbel waren umgeworfen, und die Ehefrau stand unter Schock.

»Aber wir haben eine Personenbeschreibung«, sagte ein Uniformierter stolz. »Und sogar das Kennzeichen des Motorrads. Der kommt nicht weit!«

»Er hat ihm direkt an der Tür die Kehle durchgeschnitten.« Feldmann ließ sich auf den Fahrersitz fallen und das Kunstlederpolster ächzte. »Das Opfer ist ins Wohnzimmer zurückgelaufen, aber er hat weiter auf ihn eingestochen, in Kopf, Rücken und Brust.«

»Er hat sich nicht viel Mühe gegeben, unerkannt zu bleiben«, sagte Kommissarin Meylage misstrauisch, und die Worte hingen noch in der Luft, als über Funk die Meldung kam. Zwischen Dahlem und Jünkerath hatte der Nachtzug einen Mann überrollt, der auf den Gleisen stand. Meylage ließ den Kopf müde gegen das Seitenfenster sinken.

»Man kann nicht immer gewinnen«, sagte Feldmann nach einer Weile.

Wer Wind sät ...

von Ralf Kramp

Mein Gott, was für eine Sauerei. Das leise Raspeln der Grillen, die Amseln pfeifen müde der untergehenden roten Sonne hinterher. Es ist das perfekte Abendidyll, und vor mir auf dem Feldweg liegt ein toter Mensch. Sein Hinterkopf ist nur noch ein einziger Klumpen Blut, so als habe jemand in einen Kirschkuchen gehauen.

Ich beuge mich hinunter und überlege, wo ich hinfassen kann, um nach dem Puls zu fühlen, ohne in das Blut hinein greifen zu müssen. Ist praktisch unmöglich.

In diesem Moment räuspert sich hinter mir jemand, und ich fahre herum.

Der Mann ist groß, fett, steckt in einer sandfarbenen Cordhose und einem blass karierten Hemd. Die eine Hand hat er in die Seite gestemmt, mit der anderen zieht er die Schirmmütze vom Kopf und wischt sich mit dem Handrücken über die verschwitzte Stirn. Das rötliche Licht der untergehenden Sonne lässt seine kurzen, weißen Haare aufleuchten wie ein brennendes Stoppelfeld. Erst jetzt bemerke ich, dass das Knattern des Treckers irgendwann aufgehört hat. Nur noch Grillen, Amseln und wieder ein trockenes Räuspern.

Ich stammele gleich los: »Ich habe einen Abendspaziergang gemacht, und als ich hier vorne um die Ecke ...«

»Scheiße. Daufenbach. Scheiße.«

Ich verstehe nicht.

Er geht mit schweren Schritten auf den am Boden liegenden Mann zu und tippt mit dem Fuß gegen das Hütchen, das neben dem liegt, was mal der Kopf gewesen ist.

»Die doofe Mütze. Daufenbach.« Ein orangefarbenes Frotteehütchen mit dem Aufdruck »Camel Trophy«.

Er steckt den Fuß unter den Körper und wirft ihn mit einem Ruck herum. Ein Arm saust durch die Luft und klatscht leblos ins dürre Gras. »Sag ich doch, Daufenbach.«

Ich brauche jetzt nicht mehr zu fühlen. Der ist tot, das sieht man.

Der Mann betrachtet nachdenklich den Knüppel gleich daneben. »Musste ja irgendwann passieren.« Er kramt umständlich ein Handy aus seiner viel zu engen Hose und tippt eine Nummer.

»Polizei?«, frage ich, während er auf die Verbindung wartet.

Er schüttelt den Kopf und blickt starr in das Gesicht des Toten. »Mauels Erwin.«

Dann lauter: »Erwin! Du musst herkommen! Daufenbach liegt hier. Tot.« Er beschreibt unseren Standort. »Klar, die aus Denster, wer sonst? Bröders vielleicht. Oder Hermes. Tschö.«

Dann fixiert er mich mit blutunterlaufenen Augen. »Sie sind fremd hier.«

Ich nicke zaghaft. »Ich mache Urlaub.«

»Hier?«

»Warum nicht? Land, Leute, alles wunderbar. Nur das hier ...« Ich mache eine vage Handbewegung in Richtung des Toten. »Ein Abendspaziergang und plötzlich ...«

Der große, dicke Mann kommt näher, baut sich vor mir auf, guckt von oben auf mich herunter. »Jetzt passen sie mal gut auf. Gleich kommt Mauels Erwin, und er und ich, wir regeln das, klar?«

»Aber die Polizei ...«

»*Wir* regeln das!« Er packt mich an der Schulter. Gerade fest genug, um mich in eine bestimmte Richtung zu zwingen und gerade sanft genug, um es nicht nach Gewalt aussehen zu lassen. Ein paar Schritte weiter biegt er die Zweige auseinander. In der Ferne sehe ich ein Dorf. »Das ist Orft. Ich wohne in Orft und Mauels Erwin auch. Und Daufenbach hat auch in Orft gewohnt.« Dann wendet er sich um und schubst mich an einem dichten Weißdorngebüsch vorbei. In einer Lücke zwischen zwei Sträuchern erkenne ich ein weiteres Dorf.

»Denster«, brummt er, so verächtlich das geht. »Verdammtes Dreckspack.«

Er setzt die Mütze auf, die er die ganze Zeit über in der Hand gehalten hat und beugt sich zu mir hinunter, bis sich unsere Nasen fast berühren. »Wir erledigen das. Sie bleiben hier. Ich hole nur meinen Trecker, kapiert?«

Ich nicke zaghaft und beobachtete ihn, wie er davon stapft. Wenige Augenblicke später knattert der Trecker wieder.

Später kommt Mauels Erwin, ein asthmatisches Männlein mit streichholzdünnen Armen. Fassungslos beobachtete ich, wie die beiden den Toten in eine schwarze Folie wickeln und in den Kofferraum von Mauels Peugeot werfen. Mauel hustet trocken.

»Wohin bringt ihr ihn?«, erlaube ich mir zu fragen.

»Weg«, sagt der Riese.

»Besser, sie wissen es nicht«, krächzt Mauel. »Wo wohnen sie?«

»Im Gasthof in Ginsterfeld.«

Die beiden Männer nicken sich zu. »Ginsterfeld, gut. In Denster wäre auch problematisch geworden«, sagt der Dicke. Mauel nickt. »Mmmmh, ja, ganz schön problematisch.« Er wiegt den blutverschmierten Knüppel in der Hand. Dann wirft er ihn ebenfalls in den Kofferraum. Von irgendwoher zaubert er drei Flaschen Bier hervor, und wir trinken.

»Nochmal«, sagt der Dicke. »Das geht nur uns was an. Sie machen hier Urlaub. Okay. Kann ruhig so weiterlaufen. Die Sache mit Daufenbach erledigen wir. Da brauchen wir keine Polizei, kapiert?«

Ich nicke eifrig. »Kapiert, kapiert.« In drei Tagen werde ich sowieso abreisen. Ich habe auch keine Lust, unnötige Bekanntschaft mit der Eifeler Polizei zu machen. Wir lassen unsere Bierflaschen zusammenklimpern.

* * *

Im Gasthof in Ginsterfeld quält mich die Neugier.

»Denster und Orft?« Der Wirt lässt die Augenbrauen in die Höhe tanzen. »Das ist eine uralte Fehde. Keine Kirmes ohne Prügelei, kein Maibaum, der länger als zwölf Stunden steht, kein Martinsfeuer, das nicht mindestens drei Tage vor Sankt Martin abgefackelt wird. Meine Fresse, was haben die sich schon beharkt.«

»Aber warum?«

Er zuckt mit den Schultern und wirft Geld in die Musikbox. Außer uns ist keiner da. Er wählt einen Titel, und das Geplärre geht los. »Uralte Geschichten. Vermurkste Flubereinigung, paar uneheliche Kinder. So Sachen eben.«

»Und ist schon mal einer dabei draufgegangen?«

»Schon mal 'n vergifteter Hund ab und zu. Vielleicht auch mal ne Kuh oder so.«

»Ne Kuh?«

»Die aus Denster machen immer Küheschubsen.«

»Und Menschen? Sind schon mal Menschen zu Tode gekommen?«

Der Wirt überlegt kurz. Andrea Berg greint dazu »Du warst der Wind in meinen Flügeln ...« Dann nickt er. »So in den Siebzigern, da ist der Walter Bronnen aus Orft nach der üblichen Karnevalsschlägerei mit 'nem Milzriss ins Krankenhaus gekommen und gestorben. Und als Viethens Hubert Pfingsten Vierundneunzig nachts auf dem Heimweg mit seinem Fahrrad von hier nach Denster überfahren worden ist, da haben auch gleich alle gewusst, dass das einer aus Orft war. Ab und zu verschwindet auch mal einer spurlos.«

»Verschwindet?«

»Kommt ja schon mal vor.«

Gäste kommen herein. »Können wir hier noch was essen?«

»Tut mir leid. Küche ist nur bis zehn auf.«

Es ist drei nach zehn.

Als sie wieder raus sind, dreht der Wirt sich erneut zu mir um. »Städter. Meinen, sie könnten hier den Larry raushängen lassen. Also ehrlich.«

Ich nicke zustimmend. »Also ehrlich.« Dann lasse ich mir weitere Geschichten von Orft und Denster erzählen.

* * *

Am Vormittag mache ich einen Ausflug nach Münstereifel und lasse mich mit einem Strom von Senioren durch die Hauptachse der alten Stadt von einem Café zum nächsten treiben. Hinterher zittere ich vor lauter Koffein und trete den Rücktritt an.

Auf meinem Weg nach Ginsterfeld passiere ich ein Schild, das links in Richtung Denster weist. Ich zwinge mich zwar, weiter zu fahren, aber als dreihundert Meter weiter meine Neugier übermächtig wird, wende ich kurzerhand auf einem Feldweg und fahre zurück. Es sind nur drei Kilometer bis Denster. Kann ja nicht schaden.

Eigentlich ist der Ort hübsch. Viel Fachwerk, viel Grün. *Unser Dorf soll schöner werden*-Sieger. Soso.

Es stinkt nach Gülle. Nichts Ungewöhnliches eigentlich. Nur ein bisschen arg penetrant.

Als ich weiter durch den Ort rolle, wird der Gestank stärker. Immer stärker.

Ich habe gerade die Kirche passiert, als ich die vielen Menschen sehe. Der Gestank ist unerträglich. Die Leute laufen durcheinander, pressen sich Tücher vor Mund und Nase, hantieren mit Eimern, Schläuchen und Besen.

»Hier können sie nicht durch!«, brüllt einer mit einem buschigen Schnurrbart wie aus Stahlwolle, der an beiden Seiten unten am Kinn endet.

»Was ist denn los?«

Er guckt auf mein Nummerschild, erkennt in mir den ahnungslosen Städter und kommt zum Fahrerfenster. »Der Dorfbrunnen ist voll Gülle gekippt worden. Heute Nacht. Der Brunnen, die Beete drum herum. Alles voll Gülle.«

»Wer macht denn so was?«

»Die aus Orft.«

»Warum?«

»Die sind gemeingefährlich.«

»Soso.«

»Der Brunnen ist ganz neu. Unser ganzer Stolz. Von der Familie Bröders gestiftet.«

Der Name ist mir bekannt. Ich sage übermütig: »Wird Daufenbach gewesen sein.«

Er hält die Luft an. Richtet sich auf. Die Augenbrauen wachsen zu einem schwarzen Balken zusammen, die Schnurrbartenden zittern wie unter Strom. »Daufenbach?«, brummt er drohend. »Was hast du mit Daufenbach zu schaffen, du ...«

Ich lege den Rückwärtsgang ein.

* * *

Am Abend im Gasthof steht ein frisch gezapftes Pils für mich bereit. Mein Gastwirt freut sich, mir was Neues erzählen zu können.

»Ich habe es von Willi Hermes aus Denster: Die Orfter haben den Dorfbrunnen in Denster voll mit ...«

Ich winke ab. »Gülle, weiß ich schon.« Er guckt enttäuscht. Aber im nächsten Moment strahlt er schon wieder. Er senkt seine Stimme. »Aber noch was: Es darf keiner wissen. Die regeln das untereinander. Als sie die Gülle rausgeschöpft haben, haben sie den Bröders gefunden. Unten drin. Im Brunnen. Tot.«

»In der Gülle?«

»Fies, oder?«

»Fies.« Ich trinke mein Bier in einem Zug aus. »Hier ist ja vielleicht was los.«

Als er mir das nächste Pils zapft, erzähle ich ihm, was ich am Nachmittag erlebt habe: »Ich war ja jetzt unglaublich neugierig auf Orft, nach all dem, was sie mir gestern Abend erzählt haben. Also dachte ich, das guckst du dir mal an. Bin also hingefahren. Das heißt, ich wollte.«

Kunstpause.

»Und?«

Ich lächle süffisant. »Lauter umgestürzte Bäume am Ortseingang. Man kam gar nicht ins Dorf rein. Quer über der Straße, riesige alte Fichten.«

»Wahnsinn.«

Ich nicke zustimmend. »Sauberer Schnitt. Alles ratzekahl ab. Mindestens zwanzig Stück.«

»Dass das keiner gemerkt hat.«

»Ging wohl alles ziemlich schnell. Einen von den Männern aus Denster haben sie wohl noch zu fassen gekriegt, wie mir so ein Einäugiger erzählt hat. Einen Hans-Joachim Dorsel.«

»Dorsel? Das ist einer von den ganz Schlimmen. Der hat der Tochter vom Bauern Scholzen Zwillinge gemacht und hat sie zurück nach Orft geschickt.«

»Das würde er jetzt wohl nicht mehr so ohne weiteres hinkriegen, wenn man dem Einäugigen Glauben schenken darf.«

»Tot?«

»Intensivstation.«

Mein zweites Pils war fertig. »Der Einäugige ist Schmenglers Hannes. Sein linkes Auge hat der Förster von Denster auf dem Gewissen. Sieben Millimeter. *Pitschsch!*« Er schießt mit einer imaginären Waffe.

»Dem fehlt aber das rechte Auge.«

»Das rechte? Dann war's Dr. Frischmuth. Ist vor zwanzig Jahren von Denster nach Orft gezogen. Daraufhin hat ihm die alte Pohlmann aus Denster bei seinem nächsten Hausbesuch eine Gabel ins Auge gestochen.«

Ich habe gerade mein Glas an den Mund gesetzt, als die Sirene aufheult.

Wir sehen uns an. Er nickt. »Aha. Es geht weiter.«

* * *

Am Frühstückstisch höre ich es schon in den Radionachrichten. In Denster ist das Gemeindehaus ein Raub der Flammen geworden. Ortsbürgermeister Hermes ist dabei gleich mitverbrannt. Und auch sein Hund, ein Golden Retriever.

»Ein Lamm von einem Hund«, weiß mein Wirt zu berichten. »Kollateralschaden.«

»Drei Tote«, murmele ich und köpfe mein Ei.

»Drei?« Der Wirt horcht auf. »Ich denke, Dorsel lebt noch.«

Mist. Es läuft mir heiß und kalt über den Rücken.

In die Stille hinein platzt der Postbote. »Morgen! Dorsels Hans-Joachim ist übrigens letzte Nacht gestorben.« Er zückt einen Brief und einen Kugelschreiber. »Einschreiben!«

Ich atme erleichtert auf.

Später überlege ich, wie ich wohl am Besten meinen letzten Tag verbringe. Ich könnte einen Ausflug ins Freilichtmuseum nach Kommern machen. Das ist nicht weit weg, und das schöne Wetter scheint einigermaßen stabil zu sein.

Also mache ich mich auf den Weg und lenke meinen Wagen auf die Bundesstraße. Ein sonniger Tag. Aus den Lautsprechern des Autoradios näselt Barry Manilow. Ich bin noch nicht weit gekommen, als ich in der Ferne auf einem Feld einen Trecker sehe. Ein alter Fendt mit blassgrüner Motorhaube und grauer Planenkabine, der einen Heuwender hinter sich her zieht. Am Steuer erkenne ich den Mann, der Daufenbach hat verschwinden lassen. Er winkt. Und dann sehe ich plötzlich einen Geländewagen, der über die Kuppe geschossen kommt und über das Stoppelfeld auf den Trecker zusteuert.

Der Wagen hält, zwei Männer springen heraus. Einer ist der Schnurrbärtige aus Denster, kein Zweifel. Sie haben längliche Gegenstände in der Hand. Begleitet von Barry Manilow krachen Schüsse durch die Sommerluft.

Aus den Augenwinkeln heraus sehe ich noch, wie die Gestalt des großen dicken Mannes aus dem Trecker kippt. Ich drehe das Autoradio lauter.

Bevor ich nach rechts in Richtung Kommern abbiege, kann ich noch erkennen, wie einer der Männer aus Denster auf der benachbarten Wiese rasch eine Kuh umschubst.

Mein Besuch im Freilichtmuseum verläuft ereignislos. Ich spaziere wie ein ganz gewöhnlicher Tourist zwischen den alten Häusern über die staubigen Wege. Irgendwie kann ich mich kaum konzentrieren.

In der Baugruppe Westerwald spricht mich eine Dame an, der ich offensichtlich ausreichend attraktiv und ausreichend alleinstehend vorkomme. »Urlaub in der Eifel? Wie lustig. Ich auch.«

Ich bin nicht unhöflich und gebe mit wenigen Fakten Auskunft.

»In Ginsterfeld? Ich habe Verwandtschaft im Nachbardorf, in Orft.«

»Das kenne ich.«

»Sind sie schon mal dagewesen?«

»Noch nicht ganz.«

»Da ist heute Mittag eine Frau totgefahren worden.«

Ich merke auf. Neuigkeiten!

»Ja, mitten auf der Straße. Meine Cousine hat es vorhin am Telefon erzählt. Ich wollte ihr eigentlich heute Nachmittag einen Besuch abstatten.«

»Tun sie es nicht.« Mein Rat ist ernst gemeint. Ich habe das Gefühl, dass das alles noch nicht zu Ende ist.

Auf meinem Rückweg kann ich nicht anders. Mein Auto fährt wie von selbst nach Orft. Die Bäume sind aus dem Weg geräumt. Großer Fehler, denke ich. Die Frau wäre vielleicht nicht überfahren worden, wenn die Bäume liegen geblieben wären.

Auch Orft ist ziemlich hübsch. Mitten im Ort gibt es eine Wassermühle. Alles ist mit Blumen geschmückt, Hummeln und Schmetterlinge taumeln durch die Luft.

Vor der Mühle steht Mauels Erwin. Er grinst mich fröhlich an, als ich den Wagen abgestellt habe und auf ihn zu bummele.

»Immer noch Urlaub?«, fragt er heiser.

»Nur noch heute.«

Am Bachlauf stehen ein paar Leute, die schwatzen und Flaschenbier trinken. Ein sommerliches Dorfidyll.

Ich betrachte das Mühlrad, das sich träge dreht. Wasser trieft von den Sprossen. Es schmatzt und plätschert.

Was ist das?

Ein Bündel, das an beiden Enden am Rad festgebunden ist. Zappelnde Finger, ein Kopf, ein Mund, in dem etwas steckt. Schon ist es wieder unter Wasser.

Mauel versucht, mir die Sicht zu versperren. Er ist natürlich zu klein und zu dürr. Im nächsten Moment fördert das Mühlrad seine Fracht wieder an die Luft. Von der Statur her könnte es der Kuhschubser aus Denster sein, aber ich kann mich natürlich irren.

»Dann wünsche ich mal eine gute Heimreise«, sagt Mauel und hustet infernalisch. »Diesen Husten werde ich nie mehr los.«

In diesem Augenblick wird Motorengeräusch laut. Ein Subaru kommt mit Vollgas die Dorfstraße heraufgebraust. Er fährt wilde Schlangenlinien und brettert über den Gehweg, ganz dicht an den Häusern vorbei. Hände mit Knüppeln dreschen die Briefkästen von den Hauswänden.

Dann fallen Schüsse. Zwei Mann am Mühlrad gehen mit einem Stöhnen in die Knie. Ich sehe das Mündungsfeuer.

Mauel bricht ebenfalls getroffen zusammen. Ich werfe mich neben ihn auf das Straßenpflaster.

Er röchelt wie vorhin, aber seine Stimme wird leiser. »Denster ...«, krächzt er.

In der Kurve wird eine Frau vom Balkon geschossen, und der Subaru verschwindet. Menschen schreien durcheinander. Um das Mühlrad kümmerte sich keiner mehr. »Was ist mit Daufenbach?«, frage ich.

»Begraben ...« krächzt er. Aus seinem Mundwinkel rinnt Blut. »Am Wegkreuz ... geweihte Erde ...« Dann hört mit einem Mal sein Husten auf.

* * *

In dieser Nacht finde ich kaum Schlaf. Wenn ich aus dem Fenster blicke, sehe ich, dass der Himmel rötlich erleuchtet ist. Immer wieder höre ich Sirenen. Außerdem ist eine Mücke im Zimmer.

Der nächste Tag begrüßt mich wolkenverhangen. Mein Urlaub ist vorbei und auch der Sommer in der Eifel.

Der Wirt ist heute morgen in der Küche beschäftigt. Gut so. Die Details der schrecklichen Dinge, die sich in der Nacht zugetragen haben, will ich nicht mehr hören.

Als ich in Richtung Autobahn fahre, bemühe ich mich, an Denster und Orft vorbei zu schauen. Trotzdem nehme ich Rauchschwaden wahr.

Auf der Anhöhe sehe ich ein Wegkreuz. Hübsch eingefasst von einem kleinen Platz aus Natursteinpflaster steht es da, rechts und links flankiert von zwei Holzbänken für Wanderer. Unter einer schweren Blumenvase, in der ein paar Sonnenblumen ihre tellergroßen Köpfe hängen lassen, liegt eingeklemmt eine orangefarbene Frotteemütze.

Es ist das richtige Kreuz.

Ich winke Daufenbach noch einmal. Er hat sich hier in der Eifel so sicher gefühlt. So kann man sich irren. Ganze vier Jahre hat es gedauert, bis ich ihn hier aufgespürt habe.

Ich finde, ich habe meine Sache sehr gut gemacht.

Ein kräftiger Schlag und Feierabend.

Dann gebe ich Gas und kehre diesem gewalttätigen Landstrich den Rücken.

Promille

von Sandra Lüpkes

Es ist 15.30 Uhr. Am Nürburgring scheint die Sonne. Ich stelle mein Bike am alten Bauwagen ab. Dahinter sitzen schon ein paar Freaks auf Campinghockern und essen Ölsardinen. Soll die Magenwände schmieren und den Alkohol verträglicher machen. Haben angeblich schon unsere Großväter so gemacht. Ich stehe nicht auf Hausmittelchen.

Setze mich neben Frederic. Er stinkt auch nach Fisch. »Hi!«, sagt er. »Auch wieder dabei?«

Er freut sich nicht, mich zu sehen, und er bemüht sich auch nicht, dieses Missfallen zu verbergen. Genau wie die anderen, die sich mit fischöligen Händen Zigaretten drehen und mir nur kurz zunicken. Sie wissen, dass ihre Chancen sinken, wenn ich mit von der Partie bin. Vor allem, seitdem *Tetanus* außer Gefecht ist.

Es ist 15.31 Uhr. Und heute geht es um viel Geld.

Arne schleppt die Dosen ran. Fünf Paletten echtes Halbliterbier, gesponsert vom *Trink Gut*. Der Gewinn kommt direkt von der Eifeler Brauerei. Fünftausend Euro, soviel gab es noch nie. Deswegen mache ich mit. Obwohl ich damals gesagt habe, dass ich mich in Zukunft von solchen Sachen fernhalten würde. Nachdem diese Sache mit *Tetanus* passiert ist, habe ich die Finger von den Wettbewerben gelassen. Aber so eine Summe? Ich will im Sommer bei den Amateur-Motorradmeisterschaften auf dem Ring starten, das war immer mein Traum, aber bislang konnte ich mir das Startgeld nicht leisten. Da brauche ich auf jeden Fall noch Taschengeld. Und bislang bin ich fast ungeschlagen im Dosenstechen.

Ich höre, wie Frederic einem Neuling meinen Namen zuflüstert. *Piranha* heiße ich in diesen Kreisen, weil ich die Löcher mit den Zähnen ins Weißblech beiße. Meinen wirklichen Namen kennt keiner. Genau wie mir die Teilnehmer eigentlich fremd sind. Ich saufe nur mit ihnen um die Wette.

Ich weiß auch bis heute nicht, wie *Tetanus* in Wirklichkeit hieß.

Es ist genau 16 Uhr. Dreizehn Teilnehmer, davon fünf Neue, gegen die ich noch nie angetreten bin. Wir stechen die Löcher unten in die Nähe des Dosenbodens, setzen die Lippen an, ziehen den Deckel ab und Prost!

Die ersten fünfhundert Milliliter sind die schlimmsten. Da denkst du schon nach ein paar Schlucken, du müsstest brechen. Aber die Grenze des Machbaren ist noch lange nicht erreicht. Und obwohl es widerlich ist, finde ich es auch faszinierend, wie viel in so einen Menschen reinpasst, und dann noch in dem Tempo. Ich lasse mir immer Zeit für die erste Dose. Die Konkurrenz sticht schon wieder, während ich noch an der Hälfte schlucke.

Es ist 16.04 Uhr. Die Zweite zischt. Ich denke an *Tetanus*. Er war der Einzige, der mich jemals besiegt hat. Er war der Einzige, gegen den das Trinken Spaß gemacht hat, eine Herausforderung gewesen ist, vielleicht sogar ein Sport. Er hat in sechzig Minuten elf Dosen getrunken. Ich hatte mich bei der neunten verabschiedet. Fünfeinhalb Liter in einer Stunde waren der ungebrochene Rekord. Ich werde *Tetanus* deswegen auf ewig bewundern. So was schafft man eigentlich nicht. So was ist anormal.

16.12 Uhr. Arne und Frederic sind schon bei Dose Nummer vier. Die haben sie nicht alle. Langsam müssten die doch auch geschnallt haben, dass es nichts bringt, wenn man zu schnell ist. Sie sind Sprinter. Ich Langstreckensäufer. Mir schmeckt schon das dritte Bier nicht heute. Ich bin wohl zu lange weg gewesen. Mein Kopf macht komische Geräusche. Ich sollte aufhören. Aber es geht um so viel Geld. Scheiße noch mal. So viel Asche. Ich denke an meine Maschine und den Nürburgring. Für die Ehre mache ich das schon lang nicht mehr. Welche Ehre? *Tetanus* war zur Seite gekippt und hat gezuckt, als stünde er unter Strom. Die Kotze war ihm aus der Nase herausgelaufen. Sein Körper hatte sich zusammengekrümmt, er hat ausgesehen wie ein Klappmesser. Wir haben versucht, ihn gerade hinzulegen. Aber das war unmöglich. Apallisches Syndrom, hat später das Notarztteam gesagt. Wachkoma mit Spastik durch irreparablen Hirnschaden, haben die schon behauptet, als sie *Tetanus* noch nicht mal ganz in den Krankenwagen geschoben hatten. Wenn er überlebt, könne er bis ans Ende seiner Tage so krumm bleiben. Ich weiß noch, ich habe gehofft, dass er stirbt. Wer will schon die Ewigkeit in einer so widerlichen Stellung verharren?

Halb fünf. Sechstes Bier. Mir ist schlecht. Einer von den Neuen hat schon gekotzt. Arne und Frederic haben nachgelassen, wir haben jetzt Gleichstand. Mir ist schlecht. Irgendwas stimmt nicht. Das Bier schmeckt beschissen. Mir ist schlecht.

Irgendwas stimmt nicht.

Sechs Bier sind doch so gut wie gar nichts.

Oder? Bin ich breit. Verdammt.

Kann die Uhr nicht mehr erkennen. Auf einmal. Keulenschlag und Scheiße. Siebtes Bier. Muss aufstoßen. Denke an *Tetanus.*

Wir hätten ihm helfen sollen... Wir haben ihn einfach liegen lassen ... War er nicht so was wie ein guter Kumpel?... Er hat sich tot gesoffen. Aber das waren auch nur sieben Bier ... Sieben Bier sind doch so gut wie gar nichts...

Was ist los? War ich eben weggetreten? Die beiden Idioten sind die einzigen außer mir, die noch 'ne Dose am Hals haben. Was ist mit dem Geld? Soll ich drauf spucken?

Ich beiße ins Blech. Siebte Dose. Ich bin *Piranha.*
Ich bin der ungeschlagene König im Dosenstechen. Ich ...
werde ...
mit meiner Maschine ...
über den Ring heizen ...
.... wenn das hier zu Ende ... ist ...

Mein Gott, ist mir heiß!

Tetanus fährt neben mir. Wir haben beide neue Maschinen. Unsere Räder preschen über den Asphalt. Vielleicht ist es auch ein Spiegel. Wasser. Keine Ahnung. Er ist schön. Alles total easy.

Die anderen haben uns Ethanol in die Dosen gespritzt, sagt Tetanus. Deswegen sind wir beim Trinken so schnell an unsere Grenzen gekommen – und darüber hinaus geflogen. Wir haben das nicht gemerkt bei dem ganzen Bier und dem Tempo. Wir haben das Zeug getrunken wie Wasser. Aber es war reinstes Feuer in den Dosen.

Die anderen denken, sie haben jetzt gewonnen. Weiß der Kuckuck, was die mit dem Geld machen. Ist uns egal.

Tetanus und ich fahren über den Ring. Wir sind Sieger. Wir berühren die Erde nicht. Wir kennen keine Grenzen. Wir haben keinen Durst.

Jonas an Bord

von Frauke Schuster

Ab wann Salvatore Pantini wirklich und unzweifelhaft begriff, dass er, nur er allein, die Eifel vor dem totalen Untergang bewahren konnte? Er vermochte es selbst nicht zu sagen. Hatte er etwa schon bei dem ersten Unfall einen Verdacht gehegt? Ein feines, nagendes Unbehagen in den Eingeweiden verspürt, ein außergewöhnliches Flattern seines schrottreifen Herzens? Jedenfalls – noch immer hatte er den schrecklichen Knall im Ohr, von jenem Tag, als die schwere BMW krachend in die Hauswand des Pizzamare donnerte. Er sah sich, wie er hinausrannte, sah den verkrümmten Körper des Unglücksfahrers vor der Wand, gesichtslos unter dem roten Helm mit dem schwarzen Drachenaufkleber, sah, wie sich das Vorderrad des Motorrads in der Luft weiterdrehte, länger als das Herz des Sterbenden schlug ... Und er sah Max und Rudi, die beiden vor einem Monat zugezogenen Bayern, die mit weit aufgerissenen Augen von der anderen Straßenseite herübergafften ... Und während Salvatores Blick bald geradezu magisch von dem Flammen speienden Drachen auf dem Motorradhelm angezogen wurde, war dem Italiener die Nähe der Feuerberge mit ihren unterirdischen, heimtückischen Magmakammern, in denen das Unheil im Verborgenen kochte und brodelte, plötzlich bewusst wie nie zuvor. ... Aber ob ihm damals wirklich bereits die ersten Bedenken gekommen waren? Er erinnerte sich nicht.

Das Schicksal amüsiert sich damit, auf verschlungenen Pfaden zu wandeln, aber Italiener haben damit kein Problem, und so akzeptierte Salvatore ohne großes Aufbegehren, dass es ausgerechnet ihn erwählte, das Land zu retten, das längst zu seiner neuen Heimat geworden war. Selbst, wenn es ihm anfangs, vor fünfzehn Jahren, als er von Napoli ins frostige Germania zog, zugegebenermaßen etwas schwer gefallen war, sich mit diesem seltsamen Menschenschlag hier anzufreunden. Im Vergleich zu den italienischen Meridionali waren die Eifeler ein bisschen schwerfällig, fand er. Nicht ohne ihnen zugute zu halten, dass ihr trägeres Blut wahrscheinlich davon herrührte, dass sie gezwungen waren, eine traurige Existenz fernab vom Meer zu führen. Dass ihnen die Natur nichts Spektakuläreres vergönnte als Wiesen und Berge, Wälder und Kälte und diese lächerlichen Pfützen, die sie Maare nannten. Vielleicht, dachte er damals manchmal, hätte er die Deutschlandkarte genauer studieren sollen, ehe er sein Schiff verkaufte und mit dem Erlös das Pizzamare in der Dauner Bahnhofstraße eröffnete. Und es dauerte Jahre, bis ihm klar wurde, wie abgrundtief er sich geirrt hatte, wie viel diese karge Landschaft doch mit seiner kampanischen Heimat gemein hatte, zumindest unter der trostlosen Oberfläche ... Wie sehr die Seelen dieser schweigenden Hügel der von *a muntagna* ähnelten, dem Berg seiner Jugend. Dem Berg, dessen Zorn ganze Städte auszulöschen und Tausende von Menschen in den Tod zu schicken vermochte ...

Jedenfalls, weil Salvatore aus eigener Erfahrung wusste, wie es sich anfühlte, als Kapitän fern vom Meer zu leben, waren Max und Rudi ihm so sympathisch, als sie das erste Mal bei ihm aufkreuzten, das erste Bitburger bestellten, neugierig und misstrauisch beäugt von all den Alteingesessenen. Vor allem mit Max verstand Salvatore sich auf Anhieb.

»Wie hältst du's bloß aus hier?«, fragte Max den Italiener schon bei den ersten Vertraulichkeiten, als Salvatore ihm von den reichen Touris erzählte, die er jahrzehntelang nach Ischia, Capri und Sorrent geschippert hatte, und danach, wie um die Glaubwürdigkeit seiner Vergangenheit zu untermauern, die Caprifischer sang, genau wie früher für die Frauen auf seinem Boot. Mit schmelzender Stimme und der Hand über dem Herzen. Wobei ihn die Eifel-Stammtischler anstarrten als sei die kleine Darbietung der Gipfel der Exotik.

»Die Leute hier und ich, wir haben einander nichts zu sagen«, maulte Max. »Die schwafeln alle nur von dem letzten Rennen am Nürburgring. Ich meine, was ist schon so toll daran, mit einem Auto im Kreis zu rasen, wenn die Straße nicht mal Wellen schlägt?! Und wenn ich zur Abwechslung von den Kawenzmännern am Bayerischen Meer anfange, den vom Sturm aufgepeitschten Monsterwellen, die komplette Schiffe mit Mann und Schnapsflasche in Minutenschnelle versenken, kapiert kein Mensch, wovon ich rede ...«

»Bayerisches Meer?« Das kannte Salvatore nicht und musste sich belehren lassen, dass mit dieser leicht hochtrabenden Bezeichnung der Chiemsee gemeint war.

»Du bist der einzige Lichtblick, Salvatore! Ein strahlender Leuchtturm in einem Ozean der Langeweile ...« Und jetzt geriet Max seinerseits ins Schwärmen, schilderte die vielfältigen Gefahren seiner Touren nach Herrenchiemsee in den glühendsten Farben, als handle es sich um die berühmte Chinaroute, die einst die englischen Teeklipper befahren hatten. »Und kannst du dir vorstellen, dass mir der idiotische Richter glatt das Kapitänspatent entzogen hat? Nur weil ich nach ein paar Stamperl Bärwurz die vor sich hin dümpelnde Yacht irgendeines Münchner High-Society-Idioten versenkt hatte, inklusive der barbusigen Schönheiten an Deck, die zu dämlich waren, um sich schwimmend zu retten! Ohne diesen spießigen Paragraphen-Breittreter würde ich immer noch täglich zum Schloss unseres bayerischen Märchenkönigs hinausgondeln!«, setzte er unglücklich hinzu, und gemeinsam mit Rudi und Salvatore begoss er sein trauriges Geschick mit einer Runde Wermutschnaps.

Bei der nun Rudi verriet, dass es die Pheromone der schönen Gisela gewesen waren, die ihn ursprünglich in die Eifel gelockt hatten. Die Liebe hatte leider nur kurze Zeit geglüht; einziges Erinnerungsstück war ein Ring in Form eines sich in den Schwanz beißenden Drachens am Ohr des Erzählers geblieben. Und während Salvatore beobachtete, wie das rubinrote Auge des Drachen immer wieder tückisch aufglänzte, befürchtete er, dass sich die Finanz-Management-Gesellschaft, die der rührige Rudi gegründet hatte, nicht unbedingt als langlebiger erweisen würde als die *amore*. Die eine Hälfte der Eifeler besaß kein Geld, um es anzulegen, und die andere war viel zu vorsichtig, um es ausgerechnet zwei wildfremden Männern anzuvertrauen ...

Doch jetzt konnten die beiden Bayern hochzufrieden sein, denn endlich redeten die Leute in der Kneipe mal über etwas anderes als die Formel Eins. Über den Unfall, nämlich.

In Gruppen pilgerten sie vom Schankraum nach draußen, starrten die aprikosenfarbene Wand des Pizzamare an, von der äußerst dekorativ der Putz abgesprungen war und kehrten in ehrfürchtigem Schweigen zurück. Aus Pietätsgründen – und auch ein bisschen des Umsatzes wegen, denn Vater und Bruder des Todesfahrers gehörten zu seinen besten Kunden – hängte Salvatore ein Kreuz über die Theke und dekorierte es mit schwarzem Krepp. Und statt der Caprifischer sang er das *Ave verum Corpus*, auf Latein, was kein

Mensch verstand, aber einen ausgezeichneten Eindruck machte.

Rudi und Max rückten in den Mittelpunkt des Interesses, denn sie hatten durch Zufall als Einzige beobachtet, wie es passiert war.

Natürlich war er sturzbesoffen gewesen, der verhinderte Rennfahrer! Hatte die Kurve zu spät bemerkt, beziehungsweise in seinem Zustand einfach vergessen, dass sie existierte. Und während Rudi aufsprang und Arme und Beine verrenkte, um möglichst anschaulich zu demonstrieren, wie der Unglücksfahrer gegen das Haus geflogen war, hörte Salvatore plötzlich, wie Max leise in sein Bitburger murmelte: »Warum musste es grade ihn erwischen, diesen armen Hund? Warum nicht – einen anderen? Jemanden, der es mehr verdient hätte?« Und zur Überraschung des Italieners wanderte der Blick des Bayern wie von ungefähr zu Rudi, der sich, meisterhaft gespielte Agonie in der Miene, jetzt vor der Theke auf dem Boden wälzte, bestaunt von seinem bewundernden Publikum.

Nur drei Tage später wurde – kaum zehn Meter vom Pizzamare entfernt – die Katze Mercedes überfahren. Platt und schmutzig wie ein vergessenes Stück Fell trocknete sie einen halben Tag auf dem Asphalt vor sich hin, ehe Salvatore sie seiner Kundschaft zuliebe dezent mit einem Besen in den Straßengraben beförderte. Und ihr Besitzer, der Schrotthändler Michels, begoss ihr Dahinscheiden so gründlich, dass er anschließend die Trierer Straße mit dem Nürburgring und sich selbst mit Schumi verwechselte. Bis ihm die Polizei den Führerschein nahm. Wogegen er sich so grimmig zur Wehr setzte, dass er den kläglichen Rest der Nacht in der Ausnüchterungszelle verbringen musste und am nächsten Tag ein beneidenswertes Repertoire neuer Schimpfwörter mit heimbrachte.

Wie um die Dreierserie zu komplettieren, stolperte bald darauf auch noch die alte Körner, die sich erst vor einem Jahr die rechte Hüfte hatte richten lassen, fast genau an der Katzen-Todesstelle und brach sich den linken Oberschenkelhals. Bis der Krankenwagen mit Blaulicht und Sirene heransauste, schrie die stocktaube Alte ihren herbeigeeilten Nachbarinnen Anweisung um Anweisung zu, wie ihre diversen Blumenstöcke zu versorgen seien, und die Nachbarinnen brüllten Trostworte zurück.

Nun hatten die Dauner plötzlich mehr zu reden als sonst in drei Jahren. Und, der menschlichen Natur entsprechend, machten sie von der Möglichkeit ausgiebig Gebrauch. Vor allem abends. Im Pizzamare, bei Calzone und Margarita, bei Bitburger oder Viez. Nicht genug konnten sie sich wundern über diese außergewöhnliche Unglücksserie.

»Jonas!«, grunzte Salvatore, als er Max das eigens für den in punkto Bier überaus heiklen Bayern angeschaffte Löwenbräu an den Tisch brachte.

Rudi starrte den Italiener verständnislos an, aber Max kapierte sofort. »Du meinst – hier?! An Land?« Skeptisch hob er eine Augenbraue, rückte aber trotzdem zur Seite, damit der alte Pizzabäcker sich neben ihn setzen konnte.

»Jonasse«, erklärte Salvatore mit erhobenem Zeigefinger, »Jonasse gibt's überall!«

Und weil Max immer noch reichlich ungläubig dreinschaute, holte der Italiener tief Luft und begann zu erzählen. Von einer ähnlichen Unglücksserie in Napoli, die fast in eine Katastrophe von nationaler Bedeutung gemündet hätte. Wenn er nicht gewesen wäre! Er, Salvatore ... Er erzählte von dem fürchterlichen Sturm, der sich quasi aus dem Nichts erhoben und sein Schiff gegen einen Felsen geschmettert und halb zerstört hatte. Von dem Touri, der kurz darauf in der blauen Grotte einem Herzanfall erlag. – »Vielleicht litt er an einer Blaulicht-Allergie«, spottete Rudi und verdrückte sich an die Theke, vermutlich, weil er die Geschichte des Alten als lächerliches Seemannsgarn abtat. Max hingegen hörte aufmerksam zu und nickte gelegentlich mit dem Kopf, wie um sich selbst zu bestätigen, dass es derlei Dinge tatsächlich gab.

Davon angefeuert, kam Salvatore erst recht in Fahrt: Da war auch noch dieser Mafioso gewesen, der bald nach dem Tod des Touris jemanden vom gegnerischen Clan hätte umlegen sollen und stattdessen versehentlich dem Sohn des eigenen Paten in den Hintern schoss. So dass der arme Kerl drei Wochen nicht mal auf Daunenkissen sitzen konnte. »Und zuletzt ...« Allein bei der Erinnerung fröstelte Salvatore trotz der sommerlichen Schwüle; schaudernd blickte er sich um, wagte kaum laut auszusprechen, was weiter geschehen war: »Und zuletzt ... *a muntagna*! Der Berg!«

»Äh«, sagte Max wenig geistreich, denn der Sprung vom Mafioso-Allerwertesten in die süditalienische Bergwelt war für sein Löwenbräu-benebeltes Hirn zu überraschend erfolgt.

Salvatore wurde ungeduldig. »Vesuvio!« Erklärend fuchtelte er mit den Händen, bis er fast Max' Nase erwischte.

»Moment!«, sagte Max. »Du willst nicht behaupten, dass euer Vesuv durch einen Jonas ...?! Wann soll das denn passiert sein?«

»Ausgebrochen ist er nicht ... Nicht richtig ...« Wieder spähte Salvatore nervös über die Schulter, schien eine Weile zu überlegen, ob er überhaupt wagen durfte weiterzusprechen, und fuhr endlich in furchtsam gedämpftem Ton fort: »Den Ausbruch, also, den konnten wir im letzten Augenblick gerade noch verhindern, mein Bruder Gigi und ich, der Madonna sei Dank! Aber geraucht hat er bereits, der Vesuvio, du hättest sehen sollen, wie er gequalmt hat! Und der Krater stank nach Schwefel wie die Hölle, als würde im nächsten Moment der Leibhaftige herausspringen! Die Erde bebte täglich, nicht bloß so läppisch leicht, sondern richtig massiv, wie von einer zornigen Riesenfaust geschüttelt! Unser Haus dort unten trägt den Riss noch heute, quer durch die Küche ... Die eine Hälfte der Menschen rannte in die Kirchen, um Kerzen zu stiften und San Gennaro um Hilfe anzuflehen, und die andere Hälfte floh aus der Stadt, aus Angst vor der Katastrophe ... Landratten, natürlich ... Sie wussten nichts von dem Jonas!« Der Italiener beugte sich vor, dass Max seinen Wein-Atem riechen konnte und wisperte jetzt nur noch: »Der Hafenmeister war's damals, er ganz allein!« Krachend landete dann plötzlich seine Faust auf dem Tisch, dass die Gläser zitterten. »Und hier, in der Eifel, könnte das Gleiche passieren, oder Schlimmeres! Die Leute wähnen sich in Sicherheit, aber auch ihre Vulkane sind nicht tot, sie schlafen lediglich, wie Vesuvio schläft! Feuerberge haben einen gefährlich leichten Schlaf ... Und wenn ein Jonas, du verstehst, ein richtig starker Jonas ...!«

Max starrte den Pizzabäcker an, und plötzlich trat etwas in seine Augen, ein merkwürdiger Ausdruck, der nicht allein dem reichlichen Biergenuss zuzuschreiben sein konnte ... Es war, als hätte sich plötzlich ein gänzlich überraschender, beunruhigender Gedanke in sein Hirn gestohlen ... Mühsam stand er auf, ohne sich darum zu kümmern, dass er versehentlich Salvatores Glas vom Tisch stieß. Und seine Blicke bohrten sich in Rudis Rücken wie Messerklingen.

Abends, in der Dreizimmerwohnung in der Prümer Straße, die Rudi und Max sich seit dem Auszug der schönen Gisela alleine teilten, warf sich Rudi mit einem Whisky auf das Sofa und lachte.

»Dieser Salvatore gefällt mir von Tag zu Tag mehr! Besser als Fernsehen! Allerdings – so ganz durchgeblickt hab ich nicht bei seinem Geschwafel. Was ist das für eine Räubergeschichte mit dem Jonas?«

»Mei«, sagte Max zögernd. »Das ist so ein Seefahrer-Aberglaube. Ein Jonas – ist einfach ein Unglücksbringer ...«

»Voodoo-Zauber? Jemand, der selbstgehäkelte Püppchen mit Akupunkturnadeln quält?«

Max schüttelte den Kopf. »Nein. Ein Jonas ist fast immer ein reales Wesen. Die Schiffskatze, der Küchenjunge, ein Passagier oder gar der Kapitän. Jeder kann's sein, und bis man's rausfindet ...«

Rudi nahm einen tiefen Schluck. »Du kannst nicht im Ernst glauben«, sagte er, »dass die Eifelvulkane nach Tausenden von Jahren nur deshalb ausbrechen werden, weil kürzlich ein Besoffener und eine Katze ihre Leben ausgehaucht haben und einer tattrigen Alten die Knochen gesplittert sind?!«

»Bei Jonas ist alles möglich ...!«

»Und wie kriegt man raus, wer der Jonas ist?«

»Intuitiv ... Rein intuitiv ... Irgendwann merkt mal halt, wer das Unglück anzieht wie der Nordpol die Kompassnadel ...«

»Und wenn man es weiß? Was meinte Salvatore damit, dass sein Bruder und er den Vulkanausbruch hätten verhindern können? Gibt es eine Jonas-Entschärfung, eine Art Teufelsaustreibung?«

»Es gibt nur eine einzige Möglichkeit, einen Jonas zu stoppen ...«, sagte Max schwer. Und während Rudi vergnügt den Rest seines Whiskys kippte, kristallisierte sich der Gedanke, den Max im Pizzaschuppen nur wie durch Nebel als vage Silhouette hatte aufschimmern sehen, plötzlich kristallklar heraus: Denn Max wusste hundertpro, wer sein ganz persönlicher Jonas war!

Angefangen hatte es in der Schulzeit. Als Rudi in Mathe bei ihm abguckte und der Lehrer Max die Sechs verpasste, weil er glaubte, es sei andersherum gewesen. In der Jugend ging es dann immer so weiter, zum Beispiel, als Rudi dem Kumpel den einzigen verbliebenen Gummi am Herrenklo wegschnappte, um mit dem Mädel zu schlafen, das Max zu jener Zeit nur von fern anzuhimmeln wagte. Und als Susi später, trotz des missglückten Auftakts, Max heiratete, hatte Rudi wenig Skrupel – oder zumindest keine, die er nicht hätte überwinden können – regelmäßig mit Max' Frau in die Kiste zu hüpfen.

Was Max erst ein Jahrzehnt später erfuhr, als Susi alle beide verließ, um mit einem brasilianischen Surflehrer durchzubrennen. Und somit war Rudi auch am Verlust von Max' Kapitänspatent nicht unschuldig, denn an genau diesem Tag schüttete sich Max bis zur halben Besinnungslosigkeit zu, ehe er auf die Brücke schwankte. Bis heute wusste er nicht, ob er die Angeber-Yacht mit den Barbusigen aus Versehen gerammt hatte oder nicht vielleicht doch mit Absicht – aus Wut auf Susi, die mit den Reizen ihrer Brust allzu wenig gegeizt hatte. Und nachdem ihn der Unfall Bootspatent und Job gekostet hatte, musste er sich noch glücklich schätzen, in Rudis neuer Firma als Kompagnon unterkommen zu dürfen. Eingestellt hätte einen Suffkopf wie ihn doch sonst keiner mehr ...

In dieser Nacht konnte Max nicht schlafen, wälzte sich unruhig auf der Matratze. Nach der hundertdreißigsten Rolle von rechts nach links und zurück stand er auf und trat ans Fenster. Vulkaneifel. Wann waren die Feuerberge, die sich hier dicht an dicht reihten, das letzte Mal ausgebrochen? Vor zehntausend Jahren etwa, erinnerte er sich gehört zu haben. Er stellte sich vor, wie plötzlich die Erdkruste von neuem brach, Feuer und Steinbrocken in die Luft geschleudert wurden, hoch hinauf, noch höher, wie orangefarbene Flammen in den Himmel schossen, durchsetzt mit giftigen, alles vernichtenden Gasen. Wie sie panisch um ihr Leben rannten: Rudi, Salvatore und er selbst! Atemlos. Schreiend vor Angst. Keuchend in einem fast undurchsichtigen Regen aus Bims und Asche. Er sah den Steinbrocken – die Lavabombe – herabfallen, ein Riesending, das für einen Moment sogar den gruseligen Feuerschein hinter ihnen verdunkelte. Und sah Salvatore, wie dessen alte und doch kräftige Arme zustießen, um die Eifel vor noch Schlimmerem zu retten! Ein Körper strauchelte, wurde zermalmt von glutheißem Gestein ... Ein Jonas.

Salvatore. Der schon einen Jonas 'ausgeschaltet' hatte, um seine Heimatstadt Neapel vor einer Vulkankatastrophe zu bewahren. Der es vermutlich wieder wagen würde, für sein neues Zuhause in den Eifelbergen ...

Die nächsten Abende brütete Rudi über den Finanzen seiner Pleitegesellschaft, die eine derartige Aufmerksamkeit gar nicht verdienten, während Max immer mehr Zeit mit Salvatore im Pizzamare verbrachte, wo die beiden sich unter dem Schutz des plärrenden Radios mit sorgenvollen Mienen berieten.

»Du hast Recht«, flüsterte Max. »Wir müssen etwas unternehmen! Bevor die Eifel untergeht ...«

»Leicht wird das nicht!«, prophezeite Salvatore düster. »Ein Jonas, das weißt du so gut wie ich, zieht das Unglück an, und je näher man ihm ist, desto mehr ist man selbst in Gefahr ...«

»... in den letzten Tagen deutlich erhöhte seismische Aktivität festgestellt ...« plapperte der Radiosprecher, und Max' Kopf fuhr hoch, ebenso wie der des Italieners.

»Hörst du? Es geht los!« Salvatore bekreuzigte sich, blankes Entsetzen in den dunklen Augen. »Die Feuerberge! Der Jonas hat sie aufgeweckt! Genau wie damals, bei uns, der Hafenmeister *a muntagna!*« Sein sonnengebräuntes Gesicht schien regelrecht zu verblassen; die blutleeren Lippen bebten.

»... besteht tatsächlich Gefahr, dass die schlafenden Vulkane der Eifel zu neuem Leben erwachen? Mehr darüber nach ein bisschen Musik!«, verkündete der Sprecher sensationsfreudig.

Salvatores Hände zitterten, als wollten sie das nächste Erdbeben einüben, und schaudernd drehte der Italiener das Radio ab. Seine Linke presste sich auf seine Brust, durch die plötzlich heftiger Schmerz schoss, und er stöhnte laut ...

Als Max nach Hause zurückstolperte, trug er eine flache Schachtel mit einer lecker belegten Pizza Capricciosa mit sich, eine Spezialanfertigung Salvatores, als Geschenk für Rudi. Unglücklicherweise hatte der einen ersten potenziellen Kunden aufgetrieben, mit diesem im *Dorfbrunnen* dicke Steaks gespeist, auf Kosten der Firma selbstverständlich, und verfütterte die Pizza ohne Max' Wissen an den Rottweiler der Nachbarin. Am anderen Morgen fand die betagte Besitzerin ihren armen Cäsar tot auf dem Wohnzimmerteppich.

Da die alte Dame mit einem Schock ins Krankenhaus spediert wurde und sämtliche Nachbarn heilfroh waren, den ewig kläffenden Mistköter für alle Zeit los zu sein, landete das Vieh zu Max' und Salvatores Erleichterung ohne peinliche Fragen flugs in der Tierkörperverbrennung ...

»Da siehst du!«, flüsterte Salvatore, als die Verschwörer sich hinter seinem Haus trafen. »Ein Jonas ist nicht so leicht loszuwerden!«

»An Bord eines Schiffes wäre es einfacher«, brummte Max. »Da gibt man dem Kerl eins über die Rübe, dann ein rascher Schubs und ...«

Zwei Tage später saßen sie zu dritt in einem großen Ruderboot, das auf dem Totenmaar gemächlich vor sich hinschaukelte. Um fünf Uhr morgens, weil da, wie Salvatore dem ungläubigen Rudi erklärt hatte, die Fische am besten bissen. Angesichts der Qual, so früh aus dem Bett zu müssen, bereute Rudi längst, jemals in die illegale Angler-Lehrstunde eingewilligt zu haben. Trotzdem, und sei es nur aus Langeweile, gab er sich zumindest anfangs Mühe, spähte in das schwarze Wasser hinab, als müsse er jeden Fisch erst eingehend betrachten, ehe er ihm einen Wurm zumutete.

Max und Salvatore verständigten sich durch einen verstohlenen Blick, schwangen jeder kraftvoll ein Ruder durch die Luft ... und die hölzernen Stangen krachten anstatt auf den Kopf des Opfers in der Luft darüber zusammen!

Rudi wirbelte herum, fast zu Tode erschrocken. Als er die verdatterten Mienen seiner Angellehrer sah, fing er sich wieder und lachte: »Was spielt ihr jetzt? Schwertkampf für Ex-Kapitäne? Ist das auch irgendein geheimnisvoller Zauber, wie eure Jonas-Geschichten?«

Er setzte sich wieder aufrecht hin, schüttelte den Kopf: »Wenn hier einer ein Jonas ist, dann er!« Und er stieß den Finger leicht gegen Max' Brust. »Ich mag wetten, nur wegen ihm laufen mir alle Weiber spätestens nach einem Jahr davon, und die Euro verdampfen von meinem Konto wie durch Magie!«

Salvatores Blick glitt erst zu Max, und dann hinüber zum nächsten Hügel, über dem eine dunkle Wolke hing, die fast aussah wie eine Aschesäule ...

Eher lustlos warfen die drei Männer weiter ihre Angeln aus, und obwohl das Maar laut Tourismusbüro von Fischen wimmeln musste – Zander, Karpfen, Schleien – biss kein einziger an. Salvatore murmelte etwas von »Jonas« und seine Miene verdüsterte sich zur Gewitterfront.

Rudi schleuderte als erster frustriert die Rute beiseite. »Weckt mich, wenn die Fische dumm genug geworden sind, um nach euren mickrigen Würmern zu schnappen«, sagte er, streckte sich auf dem Bootsboden aus und war tatsächlich in Nullkommanichts weggeschlafen.

Was für eine Gelegenheit. Max schnappte sich das riesige Angelmesser, reichte es Salvatore hinüber, weil dieser günstiger saß, und sah zu, wie sich die dürre Hand des Italieners um den Hartholzgriff schloss ...

Es war Schwerstarbeit, Rudi mitsamt den Steinen, die Salvatore in den Angeleimern eingeschmuggelt hatte, über Bord zu wuchten. Zumindest, sagte Max, bekäme der langjährige Kumpan so eine würdige Jonas-See-Bestattung.

Erleichtert, von der Riesenlast befreit, die ihn seit seiner Kindheit niedergedrückt hatte, griff Max anschließend nach den Rudern, um den Kahn ans Ufer zurückzubringen.

»Warte«, sagte Salvatore, noch von der Anstrengung keuchend, während er mit einer Hand sein Herz massierte und mit der anderen das Messer im Wasser säuberte.

»Worauf?«

»Wir müssen zumindest ein paar Fische rausholen. Sonst fragt uns doch jeder, was wir hier draußen getrieben haben, die ganze Zeit!«

Die Vorstellung, über dem toten Rudi, an dessen Zehen vielleicht bereits der erste Hecht knabberte, zu fischen, gefiel Max nicht, aber er wusste, dass der Italiener Recht hatte. Sie durften sich nicht verdächtig machen! Verdrossen bestückte er seine Angel frisch.

Und schon bald biss tatsächlich sein erster Karpfen an! Kein Wunder, wo doch sein persönlicher Jonas unschädlich am Grunde des Sees ruhte! Und der zweite Biss bescherte Max gar einen enormen Hecht! Immer weiter beugte er sich vor, um dem Fisch besser zuzusehen, fasziniert von dessen wütendem Kampf gegen die Angel. Während Salvatore ein kurzes Gebet murmelte, eine besonders kräftige Ersatzschnur aus seiner Tasche holte und langsam aufstand ...

Max wollte den Hecht nicht verlieren, drehte sich anfangs nicht einmal um, als er die Schnur um seinen Hals spürte, aber dann ...!

Der erste kräftige Ruck ließ ihn taumeln. Die Angel entschwand mitsamt dem Hecht in den Tiefen des Maars. Voller Panik fasste Max mit beiden Händen nach der dünnen und doch so unendlich stabilen Kunststoffschnur, die sich unbarmherzig zuzog!

Als der leblose Körper langsam in die Tiefe glitt, hinab zu dem Kumpan seit Jugendtagen, sank Salvatore, aschgrau im Gesicht, auf das Sitzbrett zurück und schloss für einen Moment die Augen. Die Eifel war in Sicherheit, die Vulkane würden für die nächsten zehntausend Jahre schlafen können ...

Nie zuvor war ihm ein doppelter Jonas untergekommen wie im Fall dieser beiden Bayern, und er fühlte sich unendlich erschöpft. Das nächste Mal, dachte er, während der vertraute Schmerz seine Brust zusammenzupressen begann wie ein Ring aus feurigem Eisen, würde ein Jüngerer die Eifel retten müssen! Und er merkte kaum mehr, wie er langsam vornüber kippte, mit dem Gesicht hinein in die überraschten Würmer ... Während sich die säulenförmige Wolke im Hintergrund unter der Wärme der höher steigenden Sonne ganz allmählich in Nichts auflöste.

Abgefüllt

von Susanne Henke

Verdammte Idylle. Drei Jahre lang habe ich mir den Arsch in dieser Einöde aufgerissen. Lieblich dekoriert, für die Touristen herausgeputzt, Gartenzwergmentalität gepaart mit Größenwahn. Keine drei Monate hat Silvia es ausgehalten. Musste zurück in ihre Stadt, konnte nicht atmen in dieser Enge. Den alten Leutchen gefällt es um so besser. Verprassen meine Prämien. Da drüben, Frau Gerlach inmitten ihrer Freundinnen. Mit ihren weißen Fluffhaaren sehen sie aus wie ein Löwenzahnstrauß. Einmal pusten, und sie lösen sich in Luft auf. Wenn es doch nur so einfach wäre. Dieses Wasser ist einfach zu gesund. Typisch Rögner, dass er uns zum Auftakt des vierteljährlichen Motivationsmeetings an die Quelle geführt hat.

»Nehmen Sie sich ein Beispiel am Grafen Kreuzberg. Er hat den Kopf nicht in den Sand gesteckt, weil seine Reben vor sich hin kümmerten. Er ging der Sache auf den Grund und machte aus dem Wasser, das seinen Wein verdarb, eine Weltmarke!«

Danach ging es in die Abfüllanlage. Hunderte kleiner Flaschen ruckelten in Reih und Glied auf dem Band durch die Halle. Klack, klack, Deckel drauf. Nichts kann mehr entweichen. Hossa! Wir sind ein Team. Wer nicht recycelt werden kann, kommt auf den Müll.

Rögners fleischige Hand auf meinem Arm: »Ihre Bilanz ist bedenklich, alter Sportsfreund.«

Kundenbindung und solide Neuabschlüsse, das war gestern. Was zählt, ist die Gesamtquote. Sterbeversicherungen verkaufen sich wie warme Semmeln. Aber gestorben wird gefälligst vor Ablauf der Anwartzeit. Wer kurz vor Erreichen der Auszahlung seiner monatlichen Privatrente ins Gras beißt, bekommt auch einen schönen Kranz von der Versicherung – »Wir begleiten Sie durch jede Krise«.

Frau Gerlach und ihr Damenkränzchen brechen auf. Der Berg ruft zum Burgunderfest. Wie können sie nur so frisch aussehen? Mir ist, als hätte man mich mit lauwarmen Abwaschwasser übergossen. Viel zu heiß für den kräftigen Rotwein. Meine Löwenzahnladies verschmähen den Schutz eines Sonnenschirms, drapieren sich vor der Bigbandbühne auf vier Strohballen.

Die Band ist noch nicht da, aber halb Bad Neuenahr turnt bereits zwischen Tränke und Heuhockern hin und her. Glucksendes Kinderlachen mischt sich mit schunkeltauglichen Akkordeonklängen. Die Damen sehen durstig aus. Viel trinken soll der Mensch bei dieser Hitze. Besonders alte Menschen. Ich bestelle vier Rote und ein Wasser. Frau Gerlach räumt mir lächelnd einen Platz auf ihrer Altgrasbank ein. Gerlach, Charlotte. Versicherungsnummer 987253, geboren am 15. Juni 1940. Ihr Kränzchen prostet mir dankbar zu. Sie leert ihr Glas in einem Zug. Der Mann am Schifferklavier stimmt ein neues Lied an.

Gedränge am Tresen. Ich hätte einen Hut aufsetzen sollen. Da wo einst mein Haar war, droht ein schwerer Sonnenbrand. Wein schwappt auf das Tablett. Nur Wein, kein Wasser. Zu spät. Die Lücke hat sich schon wieder geschlossen. Die Damen strahlen. Frau Gerlachs Wangen röten sich. Auf die Bilanz! Mir schießt der Spätburgunder in die Knie.

Über uns schwebt ein Ballon. Mein Kopf fühlt sich genauso leicht an. Die Sonne brennt auch gar nicht mehr. Charlotte drückt mir ein frisch gefülltes Glas in die Hand. Seit der dritten Runde sind wir beim Du. Die Band spielt auf. Ein Ritter in voller Rüstung kniet vor seiner Angebeteten. Das Burgfräulein erhört sein Flehen, schwebt an seinem metallenen Arm über die Tanzfläche. Charlotte seufzt und schaut mich an. Irgendetwas stimmt nicht mit ihrem Gesicht. Zu viele Augen. Aus allen spricht der Wunsch nach einem Tanz.

Ja, Charlotte, tanz mit mir. Walzer bringt das Blut in Wallung. Eins, zwei, drei. Eins, zwei, drei. Und jetzt links herum. Die Paare verwischen zu einer Airbrushkulisse. Schneller, schneller, immer schneller. Du musst mich retten. Dein Fluffhaar fliegt, dein Herzschlag rast. Spürst du den Schwindel?

Gleich ist die Bilanz bereinigt.

Ameisen, Bienen und Vulkane

von Jürgen Ehlers

Vielleicht hätten wir alles etwas besser planen sollen, aber ich hab natürlich gedacht, der Peter, der kennt sich aus. Den hatten wir extra eingeschaltet, damit es uns nicht wieder so geht wie im März in Gillenfeld, wo wir ohne Beute abhauen mussten. Jetzt müssen wir sehen, wie wir klarkommen.

»Wenn alles gut geht heute, dann könnten wir endlich mal an die Riviera fahren.«

»Das hast du schon so oft gesagt«, sagt Susi. »Aber schön wäre es schon ...«

»Diesmal klappt es bestimmt.«

Susi sieht mich skeptisch an. »Dein Hemd ist zerknittert«, sagt sie.

»Das macht nichts.«

»Doch, natürlich macht das was. Man kann sich nicht einfach irgendwo bewerben, und dann sieht das Hemd so aus.«

Wir haben ihr nicht erzählt, dass das ein Überfall sein soll. Wir brauchen sie ja nur wegen des Wagens, weil der Peter ausgefallen ist.

»Das geht schon in Ordnung«, sage ich.

Susi seufzt. »Das sagst du immer. Aber wenn du dich ab und zu mal ein bisschen netter angezogen hättest, dann wärst du heute noch bei dem Ingenieurbüro. Und wenn du ein bisschen mehr gearbeitet hättest ...«

»Ja«, sage ich, um die Diskussion abzukürzen. Es ist gar nicht so leicht, als Geologe in der Eifel einen Job zu kriegen. Jedenfalls nicht für mich. Inzwischen kennen sie mich alle. Selbst den Geologischen Wanderpfad haben sie ohne mich gemacht.

Susi sagt: »Vergiss nicht, dass wir heute Abend bei Probsts zum Geburtstag sind. Und – helft mit dran denken – vorher muss ich die Bienen versorgen.«

Susi ist Hobby-Imkerin. Das bringt jedenfalls soviel ein, dass wir nicht völlig auf dem Schlauch stehen, wenn gerade mal nichts läuft mit irgendeinem Einbruch oder Überfall.

»Der Schwarm kann nicht ewig in dem Pappkarton bleiben.«

»Weiß ich doch.«

»Die waren ja schon drüben in Preutes Obstbäumen. Einfach abgehauen. Kein Wunder bei dem schönen Wetter. Gut, dass ich sie überhaupt noch gekriegt habe.«

Der Otto und ich, wir sind Brüder. Nicht mehr ganz jung, der Otto jedenfalls. Ich bin zwei Jahre jünger als er. Otto war mit dem Tipp angekommen. Meist kriegt er ja nichts mit von dem, was so um ihn herum vorgeht, und wenn man ihn irgendwas fragt, sagt er höchstens »Hä?« Aber diesmal hat er richtig aufgepasst, als er die Brötchen geholt hat. So gegen zehn war das, und da hatte es sich schon rumgesprochen: Ein gewisser Grigoleit oder Grigorius hatte den Jackpot geknackt. In Hillesheim, keine fünfzig Kilometer von hier.

»Das ist die Lösung«, sagt Otto. »Mensch, das ist die Lösung! Den schnappen wir uns, dem nehmen wir die Millionen ab.«

Ich habe Bedenken. »Das ist nicht fair«, sage ich. »Wenn das nun einer mit uns so machen würde? – Ich finde, wir nehmen nur die Hälfte.«

»Zwei Drittel«, erwidert Otto, »denn wir sind zwei und er ist nur einer.«

Da sage ich, dass wir das doch noch nicht wissen. Vielleicht ist er verheiratet und hat fünf Kinder, und dann kriegen wir bloß ein paar Millionen. Das lohnt nicht. Nein, die Hälfte, das ist schon gerecht, das muss Otto dann auch zugeben.

Erst einmal müssen wir natürlich den Mann finden. Im Telefonbuch steht er nicht. Aber schließlich kriegen wir es heraus. Kein Problem in so einem Nest wie Hillesheim.

»Nest?«, sagt Otto. »Von wegen! Deutscher Meister sind die!«

»Deutscher Meister?«

»Mannschaftsmeister im Skat 2007.«

Ich weiß auch etwas über Hillesheim. »Besser essen, mehr bewegen«, sage ich. »Die Verbandsgemeinde Hillesheim hat den Wettbewerb ‚Besser essen. Mehr bewegen' gewonnen.« Das habe ich aus der Zeitung.

Otto schüttelt den Kopf. »Das mit dem besser essen, das ist ja in Ordnung. Aber mehr bewegen? Ich glaube, da will ich nicht hin.«

Da haben wir dann gleich den Peter angerufen. Der wohnt in Frankfurt. Hier in der Eifel haben sie ja keinen Bedarf für ihn als Berufskiller, aber da unten, da kommt er ganz gut klar. Wir haben schon oft mit Peter zusammengearbeitet, aber diesmal ist er misstrauisch.

»Killerhöhe?«, fragt er nach.

»Ja, aber Killer mit Ypsilon.«

»Wollt ihr mich verarschen?«

Ich erläutere ihm, dass die Straße wirklich so heißt. Auf Kyller Höhe.

»Kein Problem!«, sagt er, als er endlich begriffen hat, dass wir es ernst meinen. »Den puste ich um, diesen Gregorius, oder wie der heißt, da gibt es gar nichts!«

Eine geschlagene Viertelstunde brauche ich dann, um ihm zu erklären, dass wir den Mann lebend brauchen, dass er ihn auf keinen Fall totschießen darf, weil wir sonst am Ende nicht an das Geld kommen. Kann sein, dass er es schließlich begriffen hat, aber genützt hat es trotzdem nichts.

Vor einer Stunde hat Peter angerufen: »Ich bin jetzt da.«

»Fein«, sage ich, aber an seiner Stimme merke ich schon, dass irgendetwas nicht stimmt.

»Hier gibt es gar keine Killerhöhe!«

Ich erkläre ihm, dass ich das alles genau vorher erkundet habe, und natürlich gibt es die Straße. »Wo stehst du denn jetzt?«

»Vor dieser Tourist-Information.«

»Am Markt, ja? Wenn du dann einfach die Koblenzer Straße ...«

»Ist hier nicht.«

»Denn frag doch mal jemanden.«

»Hab ich schon. Gibt's hier alles nicht.« Das klingt richtig sauer.

»Bist du im richtigen Ort?«, frage ich, nur um ganz sicher zu gehen.

»Klar«, sagt er. »Hildesheim. Habt ihr doch gesagt.«

»Und was machen wir jetzt?«, fragt Otto.

»Hildesheim – das sind über vierhundert Kilometer. Das dauert zu lange. Müssen wir es halt ohne Peter machen.«

»Oder verschieben«, sagt Otto. »Ich bin immer für Verschieben.«

»Verschieben kommt nicht in Frage. Geschwindigkeit ist alles bei so einem Job. Was glaubst du, wie viele Ganoven jetzt schon auf dem Weg nach Hillesheim sind?«

»Gar keine«, sagt Otto. »Wir sind hier weit und breit die einzigen.«

»Das glaubst du auch nur! Nein, wir machen das allein. Und zwar jetzt sofort«

»Aber wir haben doch gar keine Pistole«, sagt Otto. »Und der Peter ist nicht da.«

»Uns fällt schon etwas ein«, sage ich. »Hast du die Landkarte?«

Otto nickt. Wir haben das Haus mit einem fetten roten Kreis markiert, damit ja nichts schiefgehen kann. »Aber wir haben doch gar kein Auto.«

»Die Susi kann uns fahren.«

»Nee, das macht die nicht. Ne ganz ehrliche Haut ist das, die hat noch nie ein krummes Ding gedreht, oder so...«

»Wir brauchen ihr ja nichts zu erzählen«, schlage ich vor. »Wir haben eine Stellenanzeige im *Trierischen Volksfreund* gelesen, »Schlosser gesucht«, und da wollen wir uns jetzt bewerben ...«

»Arbeit? In meinem Alter? Da mach ich nicht mit«, sagt Otto.

Ich erkläre ihm, dass wir ja nur so tun wollen, als ob wir Schlosser werden wollten, und dass es uns doch nur um das Geld gehe.

»Aber arbeiten will ich da nicht für!«

Erst als ihm versichere, dass das alles ohne Arbeit abgehen wird, ist er schließlich einverstanden.

Als wir in Hillesheim ankommen, sage ich zu Susi: »Wir fahren jetzt mal eben hoch zu der Firma. Du setzt dich am besten solange ins Café.«

»Nein, ich komme mit. Ich will euch doch die Daumen drücken, und ich will ganz nahe an euch dran sein dabei, dann hilft es besser.«

Ich bin gerührt. »Das ist lieb von dir«, sage ich schließlich, »aber das geht nicht. Wenn dieser Schlosser merkt, dass wir nicht einmal selbst fahren können, sondern uns von einer Frau haben bringen lassen ...«

»Der denkt doch bestimmt, das ist unsere Mama«, ergänzt Otto.

Susi wirft ihm einen bösen Blick zu. Sie kann wirklich wütend werden, wenn man sie auf ihr Alter anspricht. Dabei ist sie doch nur fünf Jahre älter als der Otto. Aber am Ende können wir sie überreden.

»Macht keinen Unsinn mit meinem Auto«, sagt sie.

»Keine Sorge!«

Sie guckt etwas skeptisch, aber schließlich lässt sie uns doch losziehen.

»Das ist ja wieder typisch«, schimpft Otto. »Guck dir diesen Kasten an! Da gewinnt schon mal jemand den Jackpot, und dann ist das wieder so einer, der sowieso schon seine Milliönchen im Kasten hat!«

»Sicher alles hoch belastet«, sage ich. »Und bestimmt hat er das Geld überhaupt nicht im Haus. Das liegt auf irgendeiner Bank.«

»Glaube ich nicht. Wenn er nur ein Fünkchen Verstand hat, lässt er sich alles bar auszahlen und fliegt damit ab zu den Bahamas oder Cayman Islands und tut den Zaster da hin, wo das Finanzamt nicht hinterher kann.«

»Dann ist er jetzt weg.«

»So schnell geht das nicht; er muss ja erst den Flug buchen.«

»Aber – wenn er nun so blöd ist und das Geld tatsächlich auf der Bank hat, was machen wir dann?«

»Dann zwingen wir ihn einfach, es für uns abzuheben.«

»Wie denn?«

»Die Bienen«, sagt Otto. »Du machst das alles mit den Bienen.«

Ich bin skeptisch. Aber was bleibt mir anderes übrig. Für den Jackpot muss man schon mal Opfer bringen. Ich lege den Schutzanzug an. Ein bärtiger Jüngling bleibt stehen und starrt mich verblüfft an. »Ist was mit dem Kernkraftwerk?«

Ich schüttele den Kopf. »Der Vulkanismus«, sage ich. »Es geht wieder los!«

»Was denn – ehrlich?«

»Ja.« Jetzt ist keine Zeit für lange Gespräche. Ich schnappe den Karton aus dem Kofferraum. Darin summt es ganz bedrohlich, aber ich halte den Deckel zu, und nichts passiert.

Der junge Mann starrt mich noch immer an.

»Könnten Sie mir mal bitte die Gartenpforte aufmachen«, sage ich. Er tut es. Ich gehe zur Haustür und läute.

Eine junge Frau öffnet: »Ja, bitte?«, sagt sie, und dann: »Huch!«, als sie mich in meinem Aufzug sieht.

»Frau Grigoleit?«, frage ich.

»Gregorius.«

»Könnte ich bitte mal Ihren Mann sprechen?«

»Der ist nicht da. Worum geht es denn?«

»Es ist wegen der Eifel!«

Ich hatte gar nicht gemerkt, dass der junge Mann mir gefolgt war. Jetzt nimmt er mir die Erklärung ab: »Die Vulkane.«

»Was?«

Ich nicke. »Ja. Es geht wieder los. Genau wie damals, vor zehntausend Jahren. – Haben Sie nicht bemerkt, dass in den letzten Stunden die Erde schon ein bisschen gebebt hat?«

»Nein.«

»Ganz leicht?«

»Nein.«

»Doch, ich hab das gemerkt«, kommt mir der junge Mann zur Hilfe. »Ich hab mich schon gewundert ...«

»Und die Ameisen«, sage ich. »Haben Sie die Ameisen nicht gesehen?«

»Ja, hier zwischen den Platten vom Gehweg, da sind sie immer ...«

»Sehen Sie! Das ist der Beweis. Wo Vulkanismus ist, sind auch Ameisen. Die sammeln sich immer an den besonders kritischen Stellen. Mein Kollege, der Herr Schreiber, der hat das alles publiziert. ‚Die Flucht der Ameisen'. Da haben Sie doch sicher schon von gehört? – Jedenfalls: Genau an dieser Stelle hier gibt es eine – eine Verwerfung im Untergrund, wie wir auf Grund unserer Untersuchungen festgestellt haben ...«

»Eine – was bitte?«

»Verwerfung. Das ist so eine Art Spalte im Fels.«

»Und hier – hier auf unserem Grundstück, da soll so ein Ding sein?«

Ich nicke. »Zwei Verwerfungen, um genau zu sein. Die kreuzen sich just an dieser Stelle hier!« Ich setze einen Fuß auf den Karton mit den Bienen und zücke unsere Landkarte. »Das ist unsere amtliche Karte. Georisiken, verstehen Sie? Die Stelle, wo Ihr Haus liegt, ist mit einem roten Kreis markiert. Sehen Sie das?«

Ja, der Kreis ist deutlich zu erkennen.

»Das bedeutet: Gefahr!«

»Sind Sie von der Behörde?«, will die Frau wissen.

»Staatlicher Geologischer Dienst Rheinland-Pfalz«, behaupte ich. »Ich möchte Sie bitten, unverzüglich das Haus zu verlassen und sich in Sicherheit zu bringen. Vielleicht können Sie bei Verwandten für ein paar Tage unterkommen, oder so?«

Sie schüttelt den Kopf. »So ein Quatsch! Das kann ich nicht glauben! Und was soll überhaupt diese lächerliche Verkleidung? Die schützt ja wohl kaum vor einem Vulkansausbruch!«

»Nein, die Kluft ist wegen der Ameisen. Bevor es zur Explosion kommt, werden die immer ganz wild!« Ich schwitze in meinem Imkeranzug.

»Gucken Sie mal«, ruft der Jüngling, »sie sammeln sich schon!« Er deutet auf die Ameisen.

»Unsinn! – Wenn wirklich Gefahr bestünde – das würden sie doch im Radio durchgeben!«

Ich schüttle den Kopf. »Es handelt sich um einen so genannten stillen Alarm. Um Panik zu vermeiden, verstehen Sie?«

»Ja, ja, natürlich!« Der junge Mann pflichtet mir bei. Er ist wirklich Gold wert. Vielleicht sollten wir ihm etwas von der Beute abgeben.

»Mein Fahrer wird Sie jetzt beide ins Dorf fahren, und da können Sie dann in aller Ruhe die weitere Entwicklung abwarten.«

Ich erkläre Otto, was er zu tun hat. Tatsächlich steigen die beiden am Ende zu ihm ins Auto. Otto raunt mir zu: »Wetten, dass die jetzt die Polizei holen? Oder den Irrenarzt?«

Gut möglich, aber jedenfalls sind sie erst einmal weg. Leider natürlich nicht ohne dass die Frau vorher das Haus zugeschlossen hat. Schade. Muss ich also das Fenster einschlagen.

Alles klappt wunderbar. Kaum sind sie fort, mache ich mich an die Arbeit. Ich klettere durch das Fenster, laufe zur Haustür, der Ersatzschlüssel hängt praktischerweise an der Garderobe, ich öffne von innen und hole den Pappkarton herein. Nicht dass da noch jemand misstrauisch wird. Die Bienen haben wir nun gar nicht gebraucht, denke ich.

Aber wo steckt das Geld? Ich suche nach Brieftaschen, Sparbüchern, Tresorschlüsseln. Vergeblich. Zweihundert Euro in der Zuckerdose, das ist auch schon alles. Wahrscheinlich ist es das falsche Haus, wahrscheinlich hat Otto den Namen verkehrt verstanden.

Als ich gerade nach oben will und nachgucken, ob sie das Geld unter die Matratze gesteckt haben, läutet es an der Tür. Polizei. Zwei junge Kerle, groß und sportlich. Sie starren mich an, als ob sie noch nie einen Imker gesehen hätten.

»Was soll der Blödsinn?«, sagt der eine.

Ich gebe ihm den Karton. »Hier, gucken Sie mal!«

Als er den Deckel aufmacht, stürzen zehntausend aufgeregte Bienen ins Freie. Mir können sie nichts anhaben, also halten sie sich an die Polizisten. Die schlagen wie wahnsinnig um sich und rennen davon, so schnell sie nur können, verfolgt von dem wütenden Schwarm.

»Ach, Jungs, das war ein schöner Nachmittag.« Susi lächelt zufrieden. Wir sind auf dem Weg nach Hause. »Schade nur, dass es mit eurer Bewerbung nicht geklappt hat.«

»Hä?«, sagt Otto.

»Ja, schade«, sage ich. »Aber man gewinnt immer – zumindest an Erfahrung. Und – eine Aufwandsentschädigung haben wir auch bekommen.«

»Ja, ja«, sagt Otto. Er ahnt nichts von den zweihundert Euro.

Wir fahren direkt über den Hof bis in den Garten. Ich weiß schon, was jetzt kommt. Susi steigt aus, klappt den Kofferraum auf und erstarrt.

»Was ist mit meinen Bienen?«

»Wieso?«

»Ihr wisst doch ganz genau, dass ich vorhin den Karton mit den Bienen hier reingestellt habe, als wir so schnell los mussten! – Und jetzt ist er weg!«

»Kann doch nicht sein!«

»Guck doch selbst!«

»Tatsächlich. – Otto, wie oft hab ich dir gesagt, du sollst den Kofferraum zuschließen, wenn wir den Wagen irgendwo stehen lassen!«

»Was? Wieso?«

»Der Kofferraum muss offen gewesen sein, und da hat dann jemand den Karton mit den Bienen geklaut!«

Susi lacht. »Na der wird sich wundern! – Aber trotzdem schade um die Bienen.«

»Ja, schade«, sage ich. »Und schade auch, dass es mit dem Urlaub nun erst einmal nichts wird.«

»Ach«, sagt Susi, »das macht nichts. Ich glaube, ich will gar nicht an die Riviera. Faul irgendwo herumliegen, das ist nicht mein Ding. Eure Hemden hängen seit heute früh auf der Leine. Und eigentlich habe ich Lust, endlich mal wieder richtig zu bügeln.«

Fast könnte man es ihr glauben.

Ene meene muh ... tot bist du

von Thomas Kredelbach

Sie saßen zu viert im Wagen: Bambi und Maja vorn, Heidi und Mulan hinten. Bambi saß am Steuer, eine mollige, dunkelhaarige Frau mit stechendem Blick und einer Nickelbrille. Maja hockte auf dem Beifahrersitz: groß, schlank und gut aussehend. Heidi saß hinten links, das schmerzverzerrte Gesicht gegen die Scheibe gepresst, die Augen fest geschlossen. Mulan, groß, korpulent und rothaarig, sah immer wieder zu ihrer Sitznachbarin hinüber.

»Wie geht es ihr?« fragte Bambi mit einem Blick in den Rückspiegel.

»Nicht gut«, antwortete Mulan. »Sie blutet stark. Meiner Meinung nach gehört sie ins Krankenhaus.«

»Nein, kein Krankenhaus«, sagte Heidi mit geschlossenen Augen. »Ich schaffe das auch so.«

Bambi nickte, keineswegs überzeugt. Die Wunde begann zu stinken und verpestete den Wagen.

»Wir fahren nach Köln. Ich kenne jemanden, der die Kugel rausholt.«

Maja runzelte die Stirn. »Hält sie so lange durch?«

»Klar halte ich durch«, entgegnete Heidi. Viel Kraft hatte sie nicht mehr in ihrer Stimme.

»Blöde Sache, das mit dem Wachmann«, meinte Mulan. »Wer konnte das auch ahnen.«

»Niemand«, antwortete Bambi. »Der Typ hatte da nichts zu suchen. Trotzdem ...«

»Wir hätten auf alle Eventualitäten vorbereitet sein müssen«, erklärte Maja und wischte sich den Schweiß von der

Stirn. Die Klimaanlage des Volvos hielt der sengenden Augusthitze nicht stand.

»Ja, das hätten wir«, bestätigte Bambi. »Beim nächsten Mal ...«

»Es wird kein nächstes Mal geben«, warf Mulan ein. »Jedenfalls nicht für mich. Ich habe genug.«

Stille breitete sich im Wagen aus. Dass Mulan aussteigen wollte, war neu.

»Was willst du jetzt anfangen?« fragte Maja neugierig.

Mulan zuckte mit den Achseln. »Keine Ahnung. Vielleicht auswandern. Ich bin flexibel.«

»Gut zu wissen«, meinte Maja und lächelte spröde.

Wieder Stille, jedoch nur kurz. Dann fragte Bambi: »Also direkt weiter nach Köln?«

»Ja, nach Köln, zu einem Arzt«, bettelte Heidi, halb ohnmächtig.

Bambi seufzte. Der Asphalt der B 265 ratterte unter den abgefahrenen Reifen des alten Volvos dahin.

»Es war ein ziemlich erfolgreicher Tag heute.«

Maja nickte halbherzig. »Ja, ein erfolgreicher Tag, bis auf das Ende.«

»Das Ende war *ätzend*«, beschwerte sich Mulan. »Heidi sieht das sicher genauso.«

»Ätzend«, wiederholte Heidi, der Ohnmacht immer näher.

Die Fahrt ging vorbei an Prüm und Schleiden. Die Landschaft der Eifel flog vorbei. Vier Banken hatten sie ausgeräumt, eine in Euskirchen, eine in Stadtkyll, eine in Daun und eine in Bad Münstereifel. Die schlimmste Überfallserie, die die Eifel je erlebt hatte. Und alles an einem Tag. Eine halbe Million Euro befand sich im Kofferraum, säuberlich verstaut in zwei Taschen. Noch etwas anderes befand sich im Kofferraum. Daran aber wollte keine der vier Frauen denken. Später würden sie sich darum kümmern. Jetzt aber noch nicht.

Heidi stöhnte leise. Die Kugel, die ihr der Wachmann verpasst hatte, steckte irgendwo zwischen ihren Rippen.

»Sie hat Schmerzen«, sagte Mulan.

Heidi wurde ohnmächtig. Blut lief ihr in einem dünnen Rinnsal aus dem Mundwinkel.

»Ich glaube, sie macht es nicht mehr lange.«

»Noch einer«, maulte Bambi. Ihre Stimme klang verärgert. »Als hätten wir nicht schon genug Ärger am Hals.«

»Sie kann nichts dafür«, beharrte Mulan. »Es ist genauso gut unsere Schuld.«

Dem konnte niemand widersprechen. Der Wachmann war wie aus dem Nichts gekommen. Niemand hatte ihn bemerkt. Erst als der erste Schuss fiel, hatten die vier Frauen reagiert. Da war es um Heidi bereits geschehen gewesen.

Maja zeigte nach vorn auf die Straße. »Eine Straßensperre, verdammt. Was machen wir jetzt?«

Das Blaulicht des Streifenwagens leuchtete hell. Nur ein einzelner Polizist war zu erkennen.

»Wo sind die anderen Bullen?« fragte Bambi.

Maja runzelte die Stirn. »Niemand zu sehen. Vielleicht geht es ohne Gewalt.«

»Ja, vielleicht.« Bambi griff unter ihren Pullover, zog die Waffe hervor und legte sie zwischen ihre Beine. »Wahrscheinlich eher nicht.«

»Es geht *bestimmt* ohne Gewalt«, sagte Maja. »Überlass das bitte mir.«

»Okay, wie du willst«, gab sich Bambi ganz friedlich. »Was hast du vor? Willst du ihn bestechen?«

»Nicht ganz«, erwiderte Maja und öffnete die oberen zwei Knöpfe ihrer Bluse. Ein üppiges Dekolleté kam zum Vorschein. »Das sollte reichen.«

Mulan wischte Heidi das Blut aus dem Gesicht. »Jetzt sieht sie aus, als würde sie schlafen.«

»Das tut sie doch auch«, lächelte Bambi. »Irgendwie zumindest.«

»Halt die Klappe, du Miststück«, blaffte Mulan.

Sie erreichten die Straßensperre, die eigentlich keine war. Der Streifenwagen stand auf dem Seitenstreifen. Weit und breit war kein anderes Auto zu sehen. Der Uniformierte stand mitten auf der Straße und winkte mit seiner roten Kelle.

Bambi fuhr rechts ran und kurbelte das Fenster herunter. »Können wir Ihnen helfen?«

Der Polizist schaute in den Wagen. Unsicherheit lag auf seinem Gesicht. Er war jung und wusste nicht, was er zu tun hatte. Seine Augen erspähten Majas Dekolleté. Nervös leckte er sich mit der Zunge über die Lippen.

»Kann ich bitte die Fahrzeugpapiere und Ihren Führerschein sehen«, verlangte er von Bambi.

Bambi nickte. Sie reichte dem Uniformierten die Papiere. Der Polizist warf einen kurzen Blick darauf und gab sie Bambi zurück. »Woher kommen Sie?«

»Aus der Eifel. Wir waren wandern.«

»Aha.« Der Polizist klang nicht sonderlich interessiert. »Und wo fahren Sie jetzt hin?«

»Nach Hause.«

»Und wo ist das?«

»In Köln. So wie es in meinen Papieren steht.«

»Klar, in Köln.« Der Polizist starrte auf Majas Dekolleté. »Waren Sie in Daun oder Stadtkyll?«

Bambi schüttelte den Kopf. »Nein, da nicht. Wir waren in Manderscheid. Hübsche Gegend.«

»Und warum fahren Sie dann nicht die B 257?«

Zack!

Eine berechtigte Frage, dachte Maja.

»Zu kurvig«, entgegnete Bambi. »Wir sind die B 421 gefahren.«

Clevere Antwort!

Gut gemacht, dachte Maja.

»Aber dann sind Sie ja doch durch Stadtkyll und Daun gefahren«, entgegnete der Polizist.

Wumms! Das saß. Der Uniformierte war nicht dumm.

»Ja, jetzt wo Sie es sagen.« Bambi ließ ihre Hände in den Schoß sinken. »Daran habe ich gar nicht gedacht.«

Der Polizist nickte grimmig und zeigte auf Heidi. »Was ist mit der da?«

»Die schläft nur«, erklärte Mulan schnell. »Ein paar Bier zuviel. Sie wissen schon.«

»Nein, ich weiß nicht.« Das Gesicht des Polizisten verriet Argwohn. »Haben Sie alle getrunken?«

»Nein, nicht alle«, antwortete Bambi ruhig. »Nur unsere Freundin.«

Der Polizist runzelte die Stirn. Dann deutete er plötzlich auf Heidi. »Ist das da Blut?«

Die anderen drei Insassen starrten auf Heidis Gesicht. Wieder lief ein dünner Rinnsal Blut aus ihrem Mundwinkel.

»Hören Sie«, begann Maja, doch der Uniformierte schnitt ihr das Wort ab.

»Alle raus aus dem Wagen«, blaffte er und griff nach seiner Waffe.

»Verdammter Idiot!« fluchte Bambi. Eine kurze Bewegung mit der rechten Hand, dann hatte sie die Beretta in Anschlag gebracht. Sie drückte zweimal ab. Beide Kugeln fuhren dem Polizisten in die Brust. Tödlich getroffen brach der Uniformierte auf der Straße zusammen.

»Verdammt und zugenäht!« fluchte Bambi. Sie sprang aus dem Wagen und packte den leblosen Körper des Uniformierten. »Los, helft mir gefälligst!«

Maja knirschte mit den Zähnen. Mulan ballte wütend die Fäuste. Beide stiegen aus.

Bambi packte den Polizisten an den Armen, Maja und Mulan übernahmen die Beine. Zu dritt bugsierten sie die Leiche zum Kofferraum. »Wenn das so weiter geht ...«, beschwerte sich Mulan.

»Der Kerl ist selbst schuld«, erwiderte Bambi. »Warum muss er auch so neugierig sein.«

Die Frauen legten die Leiche des Polizisten neben die des Wachmanns. Die beiden Taschen mit dem Geld lagen in der Ecke.

Bambi knallte den Kofferraum zu. Die Frauen stiegen zurück in den Wagen.

»Was ist mit Heidi?« fragte Bambi.

Mulan fühlte den Puls ihrer Sitznachbarin. Dann schüttelte sie traurig den Kopf. »Auch tot.«

Die Frauen stiegen wieder aus. Gemeinsam verfrachteten sie Heidi in den Kofferraum. Zwei Leichen plus eine Leiche ergab drei Leichen.

»Bald haben wir keinen Platz mehr im Kofferraum«, meinte Mulan, als sie wieder auf der Straße waren.

»Was machen wir mit den Leichen?«, fragte Maja. Die Frage war rein rhetorisch. Jede von ihnen kannte die Antwort.

»Metallpresse«, antwortete Bambi kurz angebunden. »Was sonst.«

Maja und Mulan nickten. *Natürlich. Metallpresse. Was sonst.*

Sie fuhren an Heimbach und Zülpich vorbei, in Richtung Erftstadt. Fünf Minuten Schweigen. Dann: »Ich steige aus.«

Bambi blickte in den Rückspiegel und versuchte, in Mulans Gesicht zu lesen. »Ist das wirklich dein Ernst?«

Mulan nickte. »Mir reicht es. Ich wollte schon lange aufhören. Jetzt auch noch die Sache mit Heidi. Ernsthaft, ich bin draußen.«

»Schade«, meinte Bambi.

»Ja, wirklich schade«, bestätigte Maja. »Das war es dann wohl mit den Zeichentrickheldinnen.«

»Ja, das war es.« Mulan rümpfte die Nase. »Der Name hat mir eh nie gefallen.«

»Darum ist es auch nie gegangen«, bemerkte Bambi streng.

Mulan winkte ab. »Ja, ich weiß. Es ging darum, dass wir nichts voneinander wissen sollten. Alles sollte anonym ablaufen. Deshalb die Namen. Aber warum gerade Zeichentrickheldinnen?«

»Weil ich Zeichentrickfilme mag«, bekundete Bambi. »Hast du damit ein Problem?«

Mulan verzog das Gesicht. »Vergiss es. Lasst und über etwas anderes reden.«

Den Frauen fiel nichts ein. Wieder trat Schweigen ein, das diesmal bis Liblar anhielt. Dann sagte Mulan: »Ich will fünfzig Prozent von der Beute. Den Rest könnt Ihr Euch teilen.«

Maja sah Mulan sprachlos an. Bambi schüttelte angriffslustig den Kopf. »Du bist wohl bekloppt. Das kannst du vergessen.«

Mulan blieb standhaft. »Fünfzig Prozent, und keinen Cent weniger. Ansonsten seid Ihr dran.«

Bambi fuhr an den Straßenrand und bremste. »Was soll das heißen?«

»Das, was ich gesagt habe.« Mulan lächelte selbstgefällig. »Von wegen Zeichentrickheldinnen und Anonymität. Ich weiß alles über Euch. Ich habe Euch beobachtet. Jede einzelne von Euch.«

»Na und?« Bambi zuckte gelangweilt mit den Achseln.

Mulan beugte sich vor. »Du heißt Gabriele Salm, bist zweiundvierzig Jahre alt, verheiratet, wohnst in Dünnwald und hast zwei Kinder. Lisa und Heinz, sechzehn und vierzehn Jahre alt.«

»Und wenn schon.« Bambi winkte ab. Sie machte sich bereit, den Wagen wieder zu starten.

»Dein Mann weiß sicher nichts von deinem jungen Liebhaber. Wie alt ist der Junge? Achtzehn? Oder ist er vielleicht sogar noch minderjährig?«

Bambi bleckte die Zähne. »Willst du mich erpressen?«

»So würde ich das nicht bezeichnen. Ich spiele lediglich meine Trümpfe aus.«

»Was weißt du über mich?« fragte Maja.

»Eine ganze Menge. Du heißt ...«

»Vergiss es«, winkte Maja ab. »Das ist alles nicht wichtig.« Sie wandte sich an Bambi. »Das sieht nicht gut aus. Wir sollten ihr die fünfzig Prozent geben. Dann haben wir Ruhe.«

»Ja, gebt mir die fünfzig Prozent«, insistierte Mulan. »Dann bin ich weg und Ihr holt Euch das Geld beim nächsten Überfall zurück. Banken gibt es schließlich wie Sand am Meer.«

»Fünfzig Prozent«, dachte Bambi laut nach. »Das ist eine Menge Geld.«

»Nicht für das, was auf dem Spiel steht«, entgegnete Mulan.

»Das stimmt«, pflichtete Maja bei.

»Okay, fünfzig Prozent also«, murmelte Bambi.

»Ja, genau.« Mulan nickte und streckte Bambi die Hand entgegen. »Dann habt Ihr Ruhe vor mir.«

»Das haben wir auch so.« Mit einer kurzen Bewegung riss Bambi die Pistole nach oben und drückte ab. Die Kugel traf

Mulan mitten in die Stirn. Blut und Knochensplitter spritzten gegen die Heckscheibe.

»Was jetzt?« fragte Maja.

Bambi seufzte. »Ab in den Kofferraum mit der blöden Kuh.«

Die Frauen zerrten Mulan aus dem Wagen und hievten sie in den Kofferraum.

»Für eine weitere Leiche ist kein Platz mehr«, bemerkte Maja mit sorgenvoller Miene.

»Dann benimm dich entsprechend und mach keinen Blödsinn.«

Maja rang sich ein Lächeln ab. »Keine Bange. Schließlich bin ich keine Fünfzig-Prozent-Idiotin.«

»Doch, jetzt schon. Wir sind nur noch zu zweit. Das heißt, du bekommst fünfzig Prozent.« Bambi spuckte auf Mulans Leiche und warf den Kofferraum zu. »Blöde Kuh!«

Zurück auf die Straße, vorbei an Brühl und Hürth, hinein nach Köln. Über die Luxemburger Straße in Richtung Innenstadt.

»Drecksverkehr!«, fluchte Bambi.

»Passen die vier Leichen in die Metallpresse?«, fragte Maja.

»Hintereinander, ja. Nicht alle gleichzeitig.«

»Das wird nicht schön.«

»Du musst ja nicht zuschauen.«

Bambi zündete sich eine Zigarette an. Sie machte drei Züge, dann warf sie den brennenden Glimmstängel aus dem offenen Fenster. »Das verdammte Zeug bringt einen um.«

»Das und vieles andere mehr.«

Bambi lächelte. Plötzlich war ein Polizeifahrzeug hinter ihnen. Die Sirene heulte auf. Bambi seufzte, fuhr den Wagen an den Straßenrand und bremste. Ein Polizist erschien neben der Fahrertür.

»Sie haben eben eine brennende Zigarette aus dem Fenster geworfen. Das ist verboten.«

»Tut mir Leid«, entgegnete Bambi. »Das war dumm von mir.«

»Ihre Dummheit kostet Sie fünfzig Euro. Sie können dagegen natürlich Widerspruch einlegen, aber ...«

»Ich zahle sofort.« Bambi zückte ihr Portemonnaie, zog einen Fünfziger heraus und reichte ihn dem Beamten.

»Ich stelle Ihnen eine Quittung aus«, erklärte der Uniformierte. Sein Kollege war aus dem Wagen gestiegen und stand nun ebenfalls neben dem Volvo.

Der Polizist stellte die Quittung aus und reichte sie Bambi. »Sie können jetzt weiter fah ...« Er stockte mitten im Satz. Neugierig blickte er in den Wagen. »Was ist das da an der Heckscheibe? Ist das Blut?«

»Ketchup ist es jedenfalls nicht«, entgegnete Bambi und zückte ihre Waffe.

Die Polizisten versuchten, sich mit einem Sprung in Sicherheit zu bringen, doch Bambi war schneller. Sie verpasste den beiden Beamten je zwei Kugeln. Beide brachen tot zusammen.

»Die passen jetzt aber nicht mehr hinten rein«, sagte Maja sofort.

»Sie müssen aber«, entgegnet Bambi.

Seufzend stiegen die beiden Frauen aus dem Wagen. Tatsächlich gelang es ihnen, die Polizisten zu den anderen Leichen in den Kofferraum zu verfrachten. Für die beiden Taschen mit dem Geld war jetzt kein Platz mehr. Maja nahm sie und legte sie auf die Rückbank. »Lass uns von hier verschwinden.«

»Gute Idee«, entgegnete Bambi und gab Gas. Der Volvo bretterte über die Luxemburger Straße.

»Fahr am besten über die Ringe«, schlug Maja vor, als sie den Barbarossaplatz erreichten.

Bambi nickte. »Ist vermutlich der schnellste Weg zum Schrottplatz. Am besten lasse ich den Wagen gleich da.«

»Kauf dir einen neuen. Am besten einen mit extra großem Kofferraum.«

Bambi lächelte. Sie riss das Lenkrad herum und bog nach links ab. Kaum überquerte der Volvo die Straßenbahnschienen, da sprang auch schon der Kofferraum auf. Vier der sechs Leichen hüpften munter auf die Straße. Maja blickte in den Rückspiegel und erkannte Mulan und die drei Uniformierten, die über die Straße rollten. Mehrere Autos fuhren über die Leichen.

»Was ist das bloß für ein beschissener Tag«, fluchte Bambi. »Hört das denn niemals auf?«

Maja runzelte die Stirn. »Ich habe dir doch direkt gesagt, dass nicht alle Leichen in den Kofferraum passen.«

»Das weiß ich jetzt auch.« Wütend fuhr Bambi an den Straßenrand. »Komm, lass uns die Leichen einsammeln.«

Maja seufzte und stieg aus dem Wagen. Mehrere Passanten waren stehen geblieben und schauten sich staunend die Szenerie an. Niemand sagte etwas oder griff ein. Nur eine alte Frau fragte neugierig: »Wird da ein Film gedreht? Wo sind die Kameras?«

Maja schüttelte sich und schnappte sich Mulan, die am nächsten beim Volvo lag. Mühevoll trug sie die Leiche zurück zum Wagen und warf sie in den Kofferraum.

Bambi brachte einen der Uniformierten herbei. Es war derjenige, den sie bei der Polizeisperre kurz hinter Schleiden erschossen hatte. Ein Sattelschlepper war über den jungen Mann hinweg gerauscht und hatte ihn übel zugerichtet. »Ist das vielleicht eine Sauerei«, schimpfte sie.

»Gerade *du* solltest dich besser nicht beklagen«, sagte Maja. »Schließlich bist du nicht ganz unschuldig daran. Los, lass uns den nächsten holen.«

Das war der Wachmann, den sie vor der Dauner Sparkasse erschossen hatten.

»Ich verstehe noch immer nicht, was der Typ da zu suchen hatte«, meinte Bambi.

Maja zuckte mit den Achseln. »Schicksal. Ein Angestellter einer Geldtransportfirma, der zufällig zum falschen Zeitpunkt am falschen Ort ist und die Chance sieht, zum Helden zu werden.«

»Pech für ihn.«

»Und für Heidi«, fügte Maja hinzu.

Bambi nickte. Sie warfen die Leiche in den Kofferraum.

»Jetzt noch einer«, verkündete Maja. »Auf geht's.«

»Hoffentlich haben wir dann endlich Ruhe. Nach dem Tag bin ich wirklich urlaubsreif.«

»Ich auch.« Maja wischte sich den Schweiß von der Stirn. »Die Karibik wäre schön. Mauritius wäre auch nicht schlecht. Oder die Malediven.«

»Zu langweilig«, kommentierte Bambi. »Eine winzige Insel reicht mir nicht. Ich brauche Bewegung.«

Sie packten die letzte Leiche und trugen sie zum Wagen.

»Versichere dich diesmal, dass der Kofferraum wirklich zu ist«, mahnte Maja.

Bambi überprüfte das Schloss. Nichts bewegte sich. Der Kofferraum war fest verschlossen.

»Das wird bestimmt wieder einer dieser schrecklichen Actionfilme«, meinte die alte Frau am Straßenrand. »Nichts als Sex und Gewalt.«

Maja nickte ihr zu. »Ja, ein Actionfilm. Jede Menge Gewalt.«

»Können wir jetzt endlich nach Hause?« fragte Bambi.

»Erst noch zum Schrottplatz«, entgegnete Maja. »Wir müssen die Leichen los werden.«

Bambi runzelte die Stirn. »Wir brauchen neue Komplizinnen. Eine Daisy hatten wir noch nicht.«

»Eine Pocahontas wäre nicht schlecht.«

»Was ist mit Susi?«

»Nein, das klingt zu sehr nach Friseuse. Dann lieber eine Bianca oder eine Cinderella.«

Bambi grinste. »Gut, dann also eine Pocahontas und eine Daisy. Können wir jetzt endlich fahren?«

»Ich warte nur auf dich.«

»Okay, dann mal los.«

Wumm!

Der Knall, als der VW Bus in den Volvo raste, war ohrenbetäubend. Der Volvo wurde quer über die Straße geschleudert, überschlug sich mehrfach, fing Feuer und explodierte schließlich. Es war wie die Szene aus einem schlechten Hollywood- Film.

»Jetzt habe ich aber endgültig die Schnauze voll«, fluchte Bambi und schob wütend die Hände in die Hosentaschen.

Dichter Rauch stieg von dem brennenden Volvo auf. Halb verbrannte Geldscheine flogen umher. Der Gestank von gegrilltem Fleisch hing schwer in der Luft.

»Riechst du das auch?« fragte Maja.

Bambi nickte. »Ich denke, wir sollten von hier verschwinden.«

»Was ist mit dem Autokennzeichen?«

»Darüber musst du dir keine Sorgen machen. Der Wagen war geklaut.«

Maja lächelte verschmitzt. »Okay, dann lass uns von hier abhauen. Bahn oder Taxi?«

»Bahn«, antwortete Bambi.

Sie marschierten zur nahe gelegenen Bahnhaltestelle. Der gesamte Barbarossaplatz war in schwarzen Rauch eingehüllt.

»Also Daisy und Pocahontas?« fragte Bambi, während sie auf die Straßenbahn warteten.

Maja nickte. »Ja, Daisy und Pocahontas.«

Die Straßenbahn kam. Die beiden Frauen stiegen ein.

»Das war ein richtiger Scheißtag«, sagte Bambi, als sie sich auf die harte Holzbank setzten.

Maja nickte nur. Dann fuhr die Bahn ab.

Die Autoren

Carsten Sebastian Henn, geb. 1973 in Köln, lebt in Hürth. Seine Leidenschaft für Wein & Crime schlug sich bisher in fünf Sachbüchern und seinen vier kulinarischen Kriminalromanen um den Koch, Besitzer eines Renommierrestaurants und Detektiv Julius Eichendorff nieder. Seit 2006 ist er literarischer Kolumnist des Gault Millau.

Carola Clasen, geb. 1950 in Köln, lebte und arbeitete nach dem Sprachenstudium einige Jahre in Belgien. Später veröffentlichte sie zahlreiche Kurzgeschichten im Rundfunk. 1998 erschien ihr erster Eifel-Kriminalroman »Atemnot«, in dem sie die Trierer Kommissarin Sonja Senger zum ersten Mal ermitteln ließ. Seither erschienen vier weitere Romane und eine Sammlung ihrer rabenschwarzen Kurzkrimis (»Schwarze Schafe«, KBV).

Jörg Maurer, geb. 1953, lebt in München, führt dort ein Privattheater und arbeitet als Kabarettist und Musiker. Er veröffentlichte einige Kurzgeschichten in Anthologien und erhielt mehrere Preise, darunter 2005 den Kabarettpreis der Stadt München und 2006 den »Agatha-Christie-Preis« für seine Geschichte »Stalking«.

Tatjana Kruse, Jahrgangsgewächs aus süddeutscher Hanglage, ist überzeugte Krimiautorin. Bekannt wurde sie mit den Geschichten rund um die »Wuchtbrumme«, ein rubeneskes Prachtweib mit Fettnapfradar. Daneben hat sie aber auch andere Heldinnen – männlich, weiblich, mit Fell und ohne. Motto: »Hauptsache, eine saubere Leiche!«

Jürgen und Marita Alberts, beide Jahrgang 1946, leben und schreiben in Bremen. Gemeinsam haben sie bereits fünf Reise-Romane verfasst, die den Leser an reizvolle Schauplätze entführen. Jürgen Alberts ist deutsches Krimi-Urgestein und mehrfacher Preisträger. (Friedrich-Glauser-Preis 1988, Marlowe 1997)

Sunil Mann, geb. 1972 im Berner Oberland als Sohn indischer Einwanderer. Nach der Matur in Interlaken studierte er in Zürich Psychologie und Germanistik, beide Studien wurden erfolgreich abgebrochen. An der Hotelfachschule Belvoirpark erwarb er sich anschließend halbherzig die Grundkenntnisse fürs Gastgewerbe. Seither übt er diverse Jobs aus, die ihm genügend Zeit zum Schreiben gewähren. Zurzeit arbeitet er als Flugbegleiter mit reduziertem Pensum bei der nationalen Airline. Seine Kurzgeschichten brachten ihm zahlreiche Nominierungen und Auszeichnungen bei Literaturwettbewerben ein. (u. a. »Agatha-Christie-Preis«)

Theo Pointner, geb. 1964 in Bochum, Verwaltungsangestellter in einem Krankenhaus, machte Rockmusik mit deutschen Texten und verfasste Liedertexte und Kurzgeschichten, solange er eine Reiseschreibmaschine besaß; nach Anschaffung eines Computers begann er die Arbeit an seinen Kriminalromanen. Seine Hauptfigur ist die Bochumer Kriminalkommissarin Katharina Thalbach.

Klaus Stickelbroeck, geb. 1963 in Anrath, lebt in Kerken am Niederrhein und arbeitet als Polizeibeamter in Düsseldorf. Seinen ersten Kurzkrimi veröffentlichte er im Jahr 2000. Vier Jahre später belegte er mit der Story »Wer stiehlt schon einen Song?« beim Krimiwettbewerb der Düsseldorfer Jazz-Rallye den dritten Platz. Mit »Fieses Foul« erschien 2007 sein erster Kriminalroman (KBV).

Erika Kroell lebt und arbeitet als Rundfunk-Journalistin und Schriftstellerin im Ahrtal. Sie hat mehrere Kriminalromane und phantastische Romane verfasst und ist Autorin zahlreicher Kurzgeschichten, die ebenfalls in diesen beiden Genres angesiedelt sind. Sie ist Mitglied im Deutschen Sherlock-Holmes-Club, bei MinD, bei den »Sisters in Crime« und im Verband Deutscher Schriftsteller (VS).

Alex Krapp, geb. 1974 in Düren, wuchs in Boich bei Nideggen auf und studierte Germanistik, Journalistik und Archäologie an der Otto-Friedrich Universität in Bamberg. Heute lebt und arbeitet er als Redakteur in Stuttgart.

H.P. Karr, geb. 1955 in Saalfeld, lebt seit 1960 in Essen. Er schrieb unter anderem gemeinsam mit Walter Wehner die in Essen und Umgebung angesiedelten Gonzo-Romane, zahlreiche Kriminalhörspiele und mehr als anderthalbtausend Kriminalstorys. 1996 erhielt er den »Friedrich-Glauser-Preis« und 2000 den »Literaturpreis Ruhrgebiet«.

Harald Bongart, geb. 1964, studierte Geschichte und Germanistik, lebt als Beamter in Bad Münstereifel. Er beschäftigt sich mit der Erforschung des Alltags vom Spätmittelalter bis zum Ende des 18. Jahrhunderts und veröffentlichte zuletzt Aufsätze zur Herkunft des Martinswecken und zur rechtlichen Bedeutung von Essen und Trinken im Mittelalter. Außerdem schreibt er Schauergeschichten (u.a. für die Anthologien »Abendgrauen« I bis III bei KBV) und vor allem Kurzkimis. Seine Short-Storys erschienen u.a. bei KBV, Scherz und Grenz-Echo. Außerdem ist er der Autor von »Des Eifelers subversives Wörterbuch«, das in Fortsetzungen im »Kölner Stadt-Anzeiger« erscheint.

Horst Eckert, geb. 1959 in Weiden (Oberpfalz), studierte in Erlangen und Berlin Politische Wissenschaft. Seit 1987 lebt er in Düsseldorf. Sein Thriller »Aufgeputscht« (1997) wurde 1998 von der Raymond-Chandler-Gesellschaft mit dem »Marlowe« für den besten deutschsprachigen Kriminalroman des Jahres 1997 ausgezeichnet. Derselbe Titel war zudem für den »Friedrich-Glauser-Preis« 1998 nominiert. Die »Zwillingsfalle« (2000) wurde mit dem »Friedrich-Glauser-Preis« 2001 für den besten deutschsprachigen Kriminalroman des Jahres 2000 ausgezeichnet.

Angela Eßer, geb. 1960 in Krefeld, studierte Theaterwissenschaft. Sie lebt in der Nähe von Augsburg, gibt mörderische Kochseminare (»Mordshunger«), ist Mit-Organisatorin des Krimifestival München, des bayerischen Krimifestivals TAT-ORT BAYERN und der CRIMINALE 2007. Seit 2005 gehört sie zum Sprecherteam des SYNDIKATs, der Autorengruppe deutschsprachige Kriminalliteratur, die einmal im Jahr das größte Festival der deutschsprachigen Kriminalliteratur feiert, die CRIMINALE. Neben der Veröffentlichung diverser Kurzgeschichten hat sie zahlreiche Krimi-Anthologien herausgegeben.

Daniel Twardowski, geb. 1972 in Oeventrop/Westfalen, arbeitet seit 2004 als Schriftsteller. Er erhielt den »Oberhausener Literaturpreis« 2006 für die Geschichte »Silent Jazz«, den »Literaturpreis Ruhrgebiet« (Sparte Förderpreis) 2004 für die Geschichte »Unverschämtheiten am Rande des letzten Sommers« und bekam 2005 das »Daimler-Chrysler-Stipendium« in der Casa di Goethe in Rom (mit dem Romanprojekt »Scripta Manent«).

Ralf Kramp, geb. 1963, lebt als Krimiautor und Veranstalter der Krimi-Erlebniswochenenden »Blutspur« im Herzen der Eifel. Für sein Debüt »Tief unterm Laub« erhielt er 1996 den Förderpreis des Eifel-Literaturfestivals. In »Spinner« (KBV) betrat zum ersten Mal Herbie Feldmann die Szene, der glücklose Held, dem ein nur für ihn sichtbarer Begleiter namens Julius stets auf dem Fuß folgt. Kramp veröffentlichte seither zehn Kriminalromane und etliche schwarzhumorige Kurzkrimis. 2002 erhielt er den Kulturpreis des Kreises Euskirchen. Mit seiner Frau Monika leitet er zusammen »Das Kriminalhaus« (unter anderem befindet sich hier das »Deutsche Krimi-Archiv« mit etwa 26.000 Bänden.)

Sandra Lüpkes, geb. 1971, lebt in der ostfriesischen Kleinstadt Norden, wo sie als freie Autorin, Sängerin und Kabarettistin arbeitet. Mit ihrer oftmals chaotischen Kommissarin Wencke Tydmers, die in erster Linie an der Küste und auf den Inseln ermittelt, ist sie weit über den norddeutschen Tellerrand hinaus bekannt geworden. Sie gehört zu den Initiatoren des Krimi-Stipendiums »Tatort Töwerland« auf der Insel Juist.

Frauke Schuster, geb. 1958, wuchs in Ägypten auf, wo sie eine deutsch-arabische Begegnungsschule besuchte. Heute lebt sie in Südbayern. Nach mehreren Jahren Tätigkeit für eine Chemie-Fachzeitschrift und ersten, noch völlig unkriminellen Kurzgeschichten, folgte 2002 ihr erster Kriminalroman »Atemlos« (KBV). Seither veröffentlichte sie drei weitere Romane und mehrere Kurzkrimis, von denen einige für das »Ellery Queen's Magazine« ins Amerikanische übersetzt wurden.

Susanne Henke, geb. 1963 in Hamburg, war nach der Ausbildung zur Europasekretärin und Übersetzerin bei Hörfunk, Film, Fernsehen, Agentur und Verlag im Einsatz, lebt mit ihrem Mann in Hamburg und schreibt vor allem Kurzkrimis und Satire. Bisherige Veröffentlichungen »Bissige Stories für boshafte Leser« (BoD, 2005), »Finderlohn und andere Stories« (BoD 2006), sowie Beiträge für Anthologien und Zeitschriften.

Jürgen Ehlers, geb. in Hamburg, arbeitet hauptberuflich im Geologischen Landesamt Hamburg. Sein erster Roman »Mitgegangen«, wurde 2005 für den »Friedrich-Glauser-Preis« in der Sparte Debüt nominiert. Er veröffentlichte bislang zwei Kriminalromane mit realem historischem Hintergrund und unzählige Kurzgeschichten. Einige von ihnen erschienen 2007 im Band »Mann über Bord« (KBV).

Thomas Kredelbach, geb. 1968, lebt und arbeitet in Köln. Der gelernte Bankkaufmann und Erziehungswissenschaftler veröffentlicht Kurzgeschichten in einer Vielzahl von Zeitschriften und Magazinen. Seine Geschichte »Gefährliche Freundin« wurde 2003 für den »Friedrich-Glauser-Preis« nominiert. November 2006 erschien sein Romandebüt »Verliebt, verlobt ... und tot«.

Der Herausgeber:

Jacques Berndorf, (Pseudonym des Journalisten Michael Preute) wurde 1936 in Duisburg geboren und wohnt in der Vulkaneifel. Als Journalist hat er früher sämtliche Krisenherde der Welt bereist, und als Autor spannender Kriminalromane hat er in der Eifel eine späte Heimat gefunden. Seine Romane um den Ermittler Siggi Baumeister haben mittlerweile eine millionenhohe Gesamtauflage erreicht, und regelmäßig erklimmen seine neuen Titel wie »Eifel-Kreuz« oder »Der Bär« die Bestsellerlisten. Pfeifenraucher Berndorf kann ohne Katzen und Garten nicht gut leben und weigert sich, über Menschen und Dinge zu schreiben, die er nicht kennt oder nicht gesehen hat.

KBV-KRIMI

Carola Clasen
SCHWARZE SCHAFE
Taschenbuch, 226 Seiten
ISBN 978-3-937001-64-7
8,90 EURO

In der Tierwelt blöken, fressen und vermehren sie sich innerhalb der Herde wie alle ihre Artgenossen, und ihre Fellfarbe ist nur eine Laune der Natur.

Bei den Menschen allerdings verhält es sich etwas anders: Äußerlich meist völlig unauffällige Einzelgänger treiben ihr grausiges Unwesen oft jahrelang unentdeckt und werden nur selten und durch Zufall von den Hütern des Gesetzes aufgespürt und ausgebremst.

Mehr als zwei Drittel aller Morde, die diese schwarzen Schafe auf dem Gewissen haben, sind Beziehungstaten. Kein Wunder also, dass es da alle treffen kann: Brüder, Schwiegermütter, Ehemänner, Kollegen, Freunde, Liebhaber …

Zwanzig bitterböse Geschichten aus der Feder einer Dame, die literarisch versiert zu morden versteht.

»... im besten Sinne Krimi-Unterhaltung aus der mörderischen Eifel.« (SWR 1)